予想だにしなかった突然の行動に、ぎょっとする。
「セルリア!?」
「………」
「ちょっと、なに。どうしたの？」

ラルーナ文庫

憂える白豹と、愛憎を秘めた男

〜天国へはまだ遠い〜

牧山とも

三交社

CONTENTS

Illustration

榊 空也

憂える白豹と、愛憎を秘めた男

～天国へはまだ遠い～

本作品はフィクションです。
実際の人物・団体・事件などにはいっさい関係ありません。

◇◆◇

「……レン？」

唯一無二の者を呼ぶ己の声に、セルリア・ブランは違和感を覚えた。

妙に、高く響いたからだ。その直後、これが夢だと気づく。養い親であるレン・ウィンクルが健在だった頃の夢を見ているのだ。しかも、かなりの幼少期と思われた。

そもそも、視線が床のほうに近い。つまり、自分が豹《ひょう》の姿でいるのがわかった。

吸血人豹《きゅうけつじんぴょう》一族の成長は、人間に比べると著しく早い。

外見だけなら、十年前後で成人と変わらなくなる。中身の完全な成熟にはまだ少しかかるが、知能と精神の発達速度も人間とは段違いといっていい。

なにしろ、一歳半で一族固有の言葉を解し、話す。

セルリアは英語をはじめ、いくつかの言語もレンに習った。

一般的に、五歳で大人と同等の身体能力が備わる。十歳にもなれば、一人前と看做《みな》された。繁殖可能な機能も、同時期にほぼ完成する。それまでに、吸血人豹一族として生きていく術《すべ》を身につける。

種族特有の異能である人間の記憶を操作したり、彼らを魅了する声音の使用法などだ。

これらの能力を用いて、吸血行為がスムーズに行える。

また、一族は五感と腕力にも優れ、攻撃能力も高い。人間より頑健な肉体を持ち、生命力自体が強い。とはいえ、不死身ではなかった。

不老長寿で平均寿命は五百歳前後ながら、致命的なダメージを負えば命を落とす。その反面、同族間でしか子孫を残せぬ上、繁殖能力は低い。

激減の一途を辿《たど》る個体数の中、人間社会にまぎれて暮らしていた。

仲間同士は、本能的に一目で識別できる。厳密には、においで嗅《か》ぎ分けるのだ。

人間の指紋と等しく、それは個体によって異なる。誰《だれ》ひとり同じにおいの者はいない。

ゆえに、人と豹、どちらの姿で鉢合わせても、必ず同族とわかる。

大抵は人型で過ごすが、寛《くつろ》ぐ際や有事は、もうひとつの形態を取る。特に、正体を知った人間はやむをえない場合、確実に殺すのが掟《おきて》だった。

ただし、三歳未満のごく幼い時期は情緒面が未熟で、変身を制御《コントロール》できない。

たとえば、なにかに驚いたり、睡眠時の夢の内容に反応し、変じてしまうといった調子である。

このときも、セルリアは人型で昼寝したはずだ。しかし、目が覚めたら豹になっていて、落胆の溜《た》め息をついた。

鍛錬不足を省みたあと、伸びをして、あたりを見回す。レンと住んでいる故郷の家の風景が映った。

こぢんまりとした整頓《せいとん》された室内は、彼が頻繁に掃除する賜物《たまもの》だ。

視界に、ノート型の通信端末を膝上《ひざうえ》に乗せてロッキングチェアに座すレンが入った。

茶髪金瞳の上品そうな美丈夫は、真剣な表情で画面を眺めていた。あの端末は、彼の仕事道具だ。

レンは現在は個人投資家だが、証券会社勤務の経歴もあるという。いわゆる、第六感に近い感覚が同族内でも秀でている彼らしい職業といえた。

暖炉の前に敷かれたラグマットの上で胴震いし、ブランケットを撥《は》ねのけて駆け寄る。足元に立ちかかったセルリアに、笑顔が向けられた。

「起きたのか」

「うん。仕事？」

「ああ。けど、どの銘柄も大幅な変動はないから大丈夫そうだ。というか、変身しちゃってるな」

苦笑しつつも、レンは叱《しか》りはしない。ノート型通信端末をそばのデスクに置き、セルリアをひょいと膝に抱き上げた。

　そして、喉元《のどもと》を優しく撫《な》でて、あやすようにのんびり励ます。

「まあ、そのうち制御できるさ。焦らずにいこう」

「…もっと頑張らないと、だめな気がする」

「まだ二歳なんだから、あまり気張らなくてもいいって」

「俺はこれ以上、レンの評判を貶《おとし》めたくない」

「セルリア」

　すでに、セルリアは己の境遇を知っていた。仲間内で、自らがどういうふうに見られているかもだ。

　自身の失態で、レンの足を引っ張りたくなかった。

　ただでさえ、彼は風変わりな者として有名なのだ。そこへ、純白に生まれついたがゆえに不吉な前兆《きざし》の烙印《らくいん》を一族に押され、両親からさえ遺棄された異端児を拾ったことに対する悪評が加わったと聞く。

　項垂《うなだ》れたセルリアの鼻先が突如、指先で弾《はじ》かれた。

「痛っ」

「ちびのくせに、余計な気を回すな」

「だって……って、うわ…？」

「おれが、おまえを育てるって決めたんだ。誰にも文句は言わせない」

「ちょっと。やめろってば、レン！」

「やだね」

膝の上に仰向けに寝かされ、首元や脇《わき》、腹をくすぐられて身をよじる。甘噛《あまが》みや後ろ足の蹴《け》りで対抗するも、敵《かな》わない。

まじめな話どころではなくなった。子供の自分より子供っぽい面があったレンは、遊びも全力だ。

ロッキングチェアを下り、セルリアもろとも床を転げ回って戯れる。

すぐに、セルリアも笑い出してしまった。しばらくののち、セルリアは自然と人型に戻っていた。

持ってきてもらった洋服を着ていると、彼がしんみりと呟《つぶや》く。

「ここに、あいつがいれば、もっとにぎやかで楽しかっただろうな」

「あいつって？」

訊《たず》ねたセルリアへ、レンが金色の双眸《そうぼう》を細めた。着替えで乱れていたらしいセルリアの銀髪を手櫛《てぐし》で直してくれながら、告げる。

「前にも言ったろ。ラスターっていう名前で、おれの…」

彼の言葉が突然、けたたましい音で遮られた。

一瞬、なんだと頭が混乱しかけ、ドアが大きくノックされているのだと気づく。同時に、夢の世界から現実へと強制的に導かれて覚醒《かくせい》した。

懐かしい人の夢を見たと、セルリアが感傷に浸る暇もない。

再度のノック音に次ぎ、許可なく他者が寝室へ入ってきたのが足音でわかった。つづいてカーテンを開け放ったようで、室内に明るい陽射しが差し込む。

「う……」

「セルリア、おはよう。今日も清々《すがすが》しい秋晴れだよ！」

「……っ」

朝から癪《しゃく》に障る声の主は、芦屋千早《あしやちはや》だ。同居人かつ、仕事の相棒でもある。

特殊能力を持つ人間が集まった『ルース』という組織に、千早は薬の調合師として所属する。

清潔感溢《あふ》れる整った容貌《ようぼう》と軽薄な口調に反し、〝神の配合〟と謳《うた》われる凄腕《すごうで》だ。

セルリアは、彼専属の護衛を務めていた。それ以外の込み入った事情は目下、概《おおむ》ね頭痛の種だ。

千早が千年超を生きていて、不老不死だとか。自身がつくった薬を自ら飲む人体実験の結果、彼の身に流れる血が猛毒とか。その血しか受けつけなくなった己の体質など、すべてが悪夢ならどんなにいいだろう。

とりわけ、セルリアも不死予備軍との事実は重い。

一方、各々の社会《コミュニティ》から外れた異分子たる千早と自分は、運命共同体と共鳴もする。この世で、たったひとり、互いの孤独感を分かち合える。

そういった認識が芽生えて以降、セルリアの中で千早の存在意義は激変した。かといって、接し方自体を劇的に変えるわけではない。

今までどおり、クールな対応が基本だ。今後、変更予定もなかった。

なんといっても、人間は餌《えさ》感覚である。好き嫌い以前の問題外で、どうでもいい。彼のほうも特段の変化はなく、今朝《けさ》のような図々《ずうずう》しい態度がデフォルトだった。

近頃、豹になってとねだる回数が増えたのは鬱陶《うっとう》しい。

のど奥で唸《うな》って、セルリアが片腕で目元を覆った。眩《まぶ》しげに瞼《まぶた》を開き、おもむろに上体を起こしてベッド脇に立つ千早を睨《にら》みつける。

無論、厚顔な相手はこたえた様子もなかった。

寝起きが壮絶に悪い自分を前に、極上の笑みを湛《たた》えて平然と言う。

「さて、旅先で必要な荷物をまとめてくれるかな」

「…なんだと⁉」

「なにって、旅行の準備だよ」

「誰の？」

「きみの」

「…誰と、どこに？」

「みんなで海外に。僕は、もう荷造りはすんでる」

「……理解不能だ」

いきなりすぎて、まったくわけがわからない。だいいち、こちらは起き抜けで頭の働きもまだ鈍い状態だ。

順序立てて話せと抗議したセルリアに、千早がうなずいた。

まとめると、『ルース』の社長たるギメル・白香《しらかの》・ヴィンカが本国のAMERICA《アメリカ》へ仕事で行く。そのついでに、休暇を取る。彼の従弟《いとこ》の白香周《あまね》も同行するとか。

ちなみに、『ルース』は採算度外視でやっている道楽で、いわばギメルの副業だ。

この彼からバカンスに誘われたので、セルリアも一緒にとのことらしかった。

事態は呑《の》み込めたが、元々、セルリアは単独行動を好む。なにより、男ばかりの旅なんてむさ苦しくて食指も動かない。よって、遠慮なく即行で断る。

「仕事でもないのに、俺まで行かなくていいだろ」

「あくまで遊びにいくのがメインだけど、万が一に備えてついてきてよ」

「身辺警護なら、成彰《なるあき》でこと足りる」

日頃、セルリアに突っかかってくる、宮窪《みやくぼ》成彰の名前を出した。

千早の助手で、彼に心酔しきっている薬学部へ通う学生だ。よろこび勇んでついていくだろう。

蛇足ながら、『ルース』の中で、ギメルと成彰は特殊能力を持たない。成彰に限っては、自分たちの異能についても知らなかった。かえって、不知なほうが安全との社長判断による。

「宮窪くんはね、大学があって無理だって。残念ながら、今回はお留守番。ほかの住人も都合がつかなくて。だから、メンバーは僕ときみと周くんとギメルね」

「俺にも、俺の意思と都合がある」

「そこをなんとか」

「嫌だ。いっそ、本職に頼め」

「ギメルのボディガードにってこと？」

「そうだ」

用事は終了とばかりに、セルリアが寝直すべく上掛けを掴《つか》んだ。ベッドにもぐり込むのをやんわり抑えた千早へ舌打ちする。

顎《あご》で出ていけとドアを指し示すも、口元を意味深にほころばされた。

「あのね、約二か月の滞在予定なんだよ」

「それがどうした」

「僕がいないと、セルリア、ごはんはどうするつもり？」

「！」

「きっと、お腹がすくよ。困ったことになるよね？」

「………」

ここでいう『ごはん』は《食事》、いわゆる吸血行為を指す。

確信的ににっこり言われて、恨めしさに呻《うめ》いた。現状で唯一の餌の彼がいなければ、週一回の吸血が欠かせぬ体質になっているため、餓《う》える。

さすがに、二か月分の血液のまとめ飲みはできない。仮に実行したにせよ、一回に大量に飲んだと脳と身体《からだ》が判断して終わる。

一週間後には、また必ず空腹になるはずだった。

千早の不在期間分の血液採取も、それなりの量になるから無理だ。即《すなわ》ち、結論は決まったも同然だ。

兵糧攻めに屈服せざるをえない己が忌々しい。断固拒否したいのに、できない状況も腹の底からむかついた。

「きみの同意がもらえて、うれしいな」

「…マジで一回、殺したら少しは気が晴れるのか」

「楽しい旅になるといいね」

「……白々しい」

セルリアの皮肉は華麗にスルーしての台詞《せりふ》に、いちだんと腹が立った。

強制参加に問答無用で持ち込んでおいてと、歯軋《はぎし》りする。

不本意ながらも翌日、セルリアは他の三人共々、ギメル所有のプライベートジェットでNIPPON《ニッポン》を出国した。


千早が目覚めたとき、太陽は中天に差しかかっていた。

大きな窓から見慣れない庭を眺め、吐息をつく。昨日AMERICAに着いたばかりで、いつもの時間帯に起きるのは無理だった。

長旅の疲れと、時差の関係もある。そのあたりはギメルも配慮してくれたらしく、使用人が訪れる気配はない。

おそらく、呼ばれるまではかまうなと命じているのだろう。

なにか用があれば、備えつけのタッチパネルで使用人をコールできる。主人《あるじ》のゲストということで、千早とセルリアは使用人から丁重なもてなしを受けていた。周は、ギメルと同等の位置のようだ。

それにしてもと、室内に視線を転じる。

「想像を超える規模の家だなあ」

独りごちた千早が、そっと苦笑を漏らした。

ギメル邸は、L.A.の高級住宅地にあった。少々乾燥ぎみだが、温暖な気候で過ごしやすい土地柄だ。世界中の富裕層や著名人の別荘、及び邸宅が多い区域《エリア》でもある。

世界有数の大富豪たるヴィンカ一族が経営する会社は、N.Y.《ニューヨーク》市内の中心街に本社を置いているらしかった。ギメルの実家も、そちらにあるそうだ。

広大な敷地内に建つギメルのL.A.での自宅は、豪奢《ごうしゃ》と呼ぶにふさわしい。三階建ての横長な建物は単なる洋館でなく、もはや最高級ホテルだ。ゲストルームだけで二十室というのだから、すごい。

これでも、彼の両親が住む近所にある別邸よりは狭いとか。双方とも別宅でそれなら、N.Y.の本邸はどんなふうか考えもつかない。なにせ、ここの庭園には複数の噴水やプール、ちょっとした植物園並みの温室もあり、迷路のように広い。

実際、人の背丈ほどの植え込みで整然とつくられた本物の迷路も存在する。季節によって、いろんな花を楽しめる区画も設けられている。庭師の手入れが存分に行き届いた美しい庭だ。

そして、門から玄関まで、車で軽く三分はかかった。

邸内の調度品も、十六世紀頃の欧州様式なのか、華美すぎない重厚感に溢れていた。全体的にクラシカルな雰囲気が漂っていて、TOKYO《トーキョー》の超近代的なマンションとのギャップがおもしろい。

もちろん、セキュリティはむしろ、こちらのほうが厳戒だった。

敷地内へ入るには、本人の虹彩《こうさい》や声紋などの生体認証システムに加え、常時、人の目がある。二十四時間の交代制で、門《ゲート》横の警備室に警備員がいるのだ。

古典的ながら、不審者の侵入確認には最も有効な警備手法だ。

昔より治安は悪化したにせよ、NIPPONと比較すれば当然の厳重さといえる。

千早が与えられた部屋は、二五〇平方メートルはありそうだ。

キングサイズのベッド、アンティークな応接セット、ウォークインクローゼットも完備されていた。水回りや通信機器類の設備は、最新式だ。

普段は、管理人に維持管理を任せているらしい。ギメルの訪問に合わせて、実家から使用人が来るとか。

世界各地を転々としてきた千早も、こんな大豪邸に泊まるのは初めてだ。

ギメルはここ以外にも、別邸をいくつか持つという。さすがは、家業とは別に、世界中にある鉱山の約八割を個人で所有する宝石王だ。

空腹を覚えつつ伸びをした瞬間、千早の携帯用通信端末が鳴った。

ベッドのそばに行き、ナイトテーブル上に置いていたそれを手に取る。

「もしもし」

「やあ、千早。ゆっくり眠れたかい？」

「うん。もう昼に近いけど一応、おはよう。ギメル」

相手が件《くだん》のギメルで、頰《ほお》がゆるむ。常と変わらぬ穏やかな口調で、彼がすでに起きて時間が経っていると推察できた。

ギメルにとっては、休暇は仕事のついでだ。もしかしなくても、午前中にひと働きしていて不思議はなかった。

「お腹はすいてないかな？」

「ちょうど、そう思ってたところだよ」

「それはよかった。ダイニングルームに食事の用意をさせるから、あと二十分ほど待って下りていってもらえると助かる」

「ありがとう。セルリアは、僕が起こして連れていこうか？」

「頼むよ。私と周は先にすませた」

「わかった。任せて」

「あと、食後に私の部屋へふたりで来てほしい。話があるんだ」

「了解」

「待ってるよ」

通話を切り、千早が微《かす》かに眉《まゆ》をひそめる。話とは、いったいなんだろう。
L.A.の穴場的な観光スポットでも教えてくれるのか。はたまた、別の話題かと思い、バスローブ姿で浴室に向かう。
ゲストルームは、各室バスとトイレつきなのだ。備えつけのバスグッズも、数種類あった。

　好みに合うものを、または日によって違うものをという気配りだ。まさに、至れり尽くせりの歓待である。

　手早くシャワーを浴びた千早が、髪を乾かす。二十分後、オフホワイトの長袖《ながそで》シャツに、インディゴブルーの細身のパンツを穿《は》いて部屋を出た。セルリアがあてがわれたのは、同じフロアの向かい側にある一番端だった。

　ギメルの私室は三階だ。たぶん、周も同室か隣室だろう。

　ノックするが、相変わらず返事はない。二度繰り返し、常どおり室内に押し入った。

　セルリアの居室も千早のもの同様、立派で広々としていた。それ以前に、彼が起きていて両眼を瞠《みは》る。

　壁際のロココ調のソファに、長軀《ちょうく》が腰かけている。

　千早が口を開く寸前、不機嫌もあらわな声がかかった。

「無断で入ってくるな」

「返事くらいしようよ、セルリア。というか、起きてたんだ？」

「悪いか」

「ううん。ただ、珍しいなと思って」

正直に告げると、肩をすくめられた。よく見れば、セルリアは部屋着ではない。昨日のスタイルとは違うが、グレーのタンクトップにカーキの半袖フード付き薄手のパーカ、チャコール系のジーンズを身につけていた。今すぐ出かけても、まったく違和感のない格好だった。

いつもながらの、スタイリッシュな装いだ。

ふと見遣《みや》ったベッドも、寝た形跡がなかった。ベッドメークも乱れておらず、きれいなまま保たれている。

L.A.に来たばかりで、夜遊び帰りでもあるまいしと首をひねった。そんな千早に、彼が鼻を鳴らす。

「見知らぬ場所で、初日から爆睡できる無神経なおまえとは違うだけだ」

「ふむ。マーキングの問題か」

「ああ？」

「なるほどね」

訝《いぶか》しげに吊《つ》り上げられた端整な片眉に、千早が微笑《ほほえ》む。

要するに、セルリアは眠っていないのだ。初めての領域《テリトリー》で警戒モード全開になっている様は、いかにも用心深い彼らしい。

なんとなく、出会った頃を彷彿《ほうふつ》させた。きっと、本能的な自己防衛反応と思われる。

大丈夫と頭を撫でたい欲求を堪《こら》えるかわりに、軽口で答える。

「ほら。犬は人に、猫は家につくって言うでしょう。気に入るハウスかどうかは、大事だよね。ご近所のにゃんこ仲間とも、仲良くならないとだし」

「…朝から喧嘩《けんか》を売りにきたのか」

「まさか。チューチューじゃない、ごはんのお誘いに」

「……何回死んだら、おまえの舌禍が直るか試すか」

「なんだか本気っぽくて、怖いんだけど」

「俺は、冗談は嫌いだ」

「だよね」

地を這《は》うような低音の返答のあと、銀色の目が眇《すが》められた。

今朝は睡眠不足な分、通常にもましてご機嫌ななめとみえる。来たくて来た旅行ではないのも、セルリアの苛立《いらだ》ちを助長させている要因だ。

直ちに謝った千早が、あらためて朝食兼昼食に誘う。

「いらない」

「そう言わないで、つきあってよ。食後には、ギメルの部屋にも呼ばれてるし」

「ひとりで勝手に行け」

「あいにく、セルリアと一緒にだって」

「面倒な…」

渋面でぼやいた彼に破顔した。即座に一瞥《いちべつ》されたが、気にしない。

渋る相棒の腕を摑んで立たせ、階下のダイニングへ足を運んだ。

使用人に慇懃《いんぎん》に給仕され、料理に舌鼓を打つ。セルリアは、コーヒーとフルーツにしか手をつけなかった。対照的に、千早はすべてを平らげた。

空腹を満たして、ふたりでギメルの私室に赴く。

ノックする前にドアが開くかとの予想に反し、普通の手順で中に入った。平素ならば、先回りされるのが日常だ。もしや、周がいないのかと思った千早の視線の先に、大きなソファに腰かけた彼がいた。

ただ、隣に座るギメルへ、ぐったりした風情で寄りかかっている。このせいかと、得心がいった。

オーダーと思《おぼ》しき三つぞろえのダークスーツを着たハンサムな甘い顔立ちのギメルが、温厚な笑顔で片手を上げる。

「出迎えもせずに悪い」

「全然、いいけどね。周くん、どうしたの。時差ぼけかな？」

「……………」

優しく問いかけるも、周は淡く微笑むだけだった。

グレイッシュラベンダーのサマーニットのネックラインから、白い肌と鎖骨が覗《のぞ》く。それが繊細な美貌《びぼう》と相俟《あいま》って、儚《はかな》さを際立たせていた。

慎ましく睫《まつ》毛《げ》を伏せた彼にかわり、ギメルが言う。

「周はともかく、千早に依頼がきてる」

「あれ。まさかのその呼び出し？」

「まあな」

「ついに、仕事解禁なんだ」

「そろそろ、いいんじゃないかと思ってね」

「そっか」

製薬会社『アルマン』の千早を狙《ねら》った一件から、十か月以上が経っていた。

あれ以後、用心して仕事はいっさい受けていない。この間、千早は独自の研究に没頭し、巻き添えになったセルリアの怪我《けが》も癒《い》えた。

尤《もっと》も、予測しえなかった彼の甦《よみがえ》り現象の謎《なぞ》は、まだ残っている。

不老不死者と吸血人豹一族の血が混ざり合った異験との考えは、仮説でしかない。

これについては、正確な原因と確実性を今もって解明中だ。一度きりの奇跡という蓋然《がいぜん》性が、なきにしもあらずだからである。

開店休業時も、合法・違法を問わず、オファーはあったらしかった。

適法かつ安全な内容の依頼しかしないのが、『ルース』の理念だ。

ギメルはそれらを篩《ふるい》にかけるまでもなく、時期尚早と断ってきたのだろう。一年近くを経て、ほとぼりはさめたと判じたのかもしれない。

「僕は異存なしだけど…」

「俺はありまくりだ」

呟いた千早がセルリアを見ると、憮然《ぶぜん》とした顔つきで返された。

ギメルが笑いながら、向かい側のソファを勧めてくる。並んで腰を下ろす際、さりげなく室内へ目を遣った。

自分たちの部屋と多少間取りは違うが、広くて絢爛《けんらん》な部分は変わらない。

ここは、リビングに相当するようだ。あちらのドアは、きっと寝室に繋《つな》がっていて、そちらのドアはと考える千早に、説明が始まった。

「昨夜遅く、メールが届いてね」

「ふうん？」

「千早は休暇中なんだが」

おそらく、高確率で興味を持ちそうな内容に思えた。迷った末、とりあえず、知らせておこうと判断したらしい。

実家の事業や自社はともかく、『ルース』の従業員にのみ甘い社長ならではの決断だ。

千早の左隣にいるセルリアの発するオーラが、さらに剣呑《けんのん》になった。

断れという威圧感が凄《すさ》まじい。自分が依頼を受けたら、専属護衛の彼も自動的に仕事をせざるをえなくなる。そうなれば、二十四時間体制で警護にあたるため、相当な負担がかかる。

本来は、自由気ままにひとりで行動したいセルリアだ。時間的にも身体的にも束縛されるのが嫌で仕方なく、仕事をしたがらない。

片や、千早もさほど仕事熱心なタイプとは言い難かった。単純に、関心が持てて、違法なものでなければ受けるスタンスだ。

セルリアのプレッシャーを横目に、詳細をギメルへ訊ねる。

「どんな内容？」

「おい」

「見るだけだから。セルリア」

「信用できない」

「いくらなんでも、休暇中に仕事はしないよ」

「おまえのことだ。休暇明けに引き受けるとか言い出しかねない」

「なにはともあれ、中身次第かな」

「俺はやりたくない」

「一年近くも遊んでたからね。いい加減、働こうよ」

「気が進まない」

「きみがその気になる日なんて、一生来ないでしょう」

執拗《しつよう》に牽制《けんせい》してくるセルリアを、どうにか宥《なだ》める。

半眼のきつい眼差《まなざ》しを微笑で躱《かわ》したところで、ギメルが仕切り直した。

「読んだほうが早いだろう」

「ああ。ありがとう」

持っていた薄型端末装置を手渡された。画面を指先でタッチし、英文の文字を目で追ううちに、千早の好奇心が早速そそられる。

依頼は、『ＣＴＣ（シャルドン・トレーディング・カンパニー）』という世界有数の総合商社の医薬品開発部門からきていた。

いわく、人間の肯定的《ポジティブ》な記憶をピンポイントで忘却できる特定記憶消去薬を製作してほしいそうだ。

注目すべきは、〝肯定的な記憶限定で忘れる〟との点である。

なぜなら、悪い記憶や嫌な記憶を消す薬は、すでにつくられている。

不幸な事件や事故等が原因によるＰＴＳＤが引き起こすフラッシュバックを緩和させる用途で、二十一世紀頃には開発されていた。

言わずもがな、人間の脳構造は複雑を極める。まして、否定的《ネガティブ》な記憶以上に、肯定的な記憶は多分に他の記憶回路と密接に結びついている。そのため、それのみを切り取って消す薬をつくるのは、至難の技だ。

二十四世紀も半ばを過ぎて、医療は成熟しきってひさしい。ほかの、あらゆる分野の科学技術においても、人間の願望はほとんど成就した。

寿命すら、百五十年近くに延びた。大概の病気とて根治可能になるも、新たな病原体《ウイルス》が出現するので研究者の戦いに終息はない。

人類の悲願とされる不老不死も叶《かな》わずにいるため、余計にだ。

それはさておき、現代の最先端医学をもってしても、依頼品の製作は難しい。膨大な時間と予算をかければ別にせよ、一朝一夕では無理だろう。

だいたい、そんな薬の需要があるとは考えにくかった。だから、従来と正反対の薬がなんの目的で必要なのか、千早は逆に興味を抱いた。

端末装置をセルリアへも回す。受け取りを拒まれたが、目を通すだけでいいと押しつけた。露骨に顔を顰《しか》めた彼をいなし、感想を述べる。

「おもしろそうな話だね」

「思ったとおりの反応だな」

「意表をついた依頼が、なんだか新鮮で」

「千早なら、つくれるわけか」

「まあね」

「さすがと言うべきか」

若干、苦々しい口ぶりに、『おや?』となる。

セルリアはともかく、どうもギメルも気乗りしないようだ。率直に、千早が理由を訊ねてみる。

「ひょっとして、わけありの依頼だったり?」

「いや。私がその依頼主を個人的に知ってるだけだ」

「そういうことね」

それも、あまりかかわりたくない部類の人らしかった。

ギメルがリスキーな仕事は持ち込まないとわかっていても、一応確かめる。

『ルース』において危険探知機の異名を取る周へ、慎重に問う。

「周くん、体調が思わしくないときにごめんね。この依頼を受けるのって、やめたほうがいいのかな？」

肩で小さく息をついた周が、目線を上げた。ギメルに支えられながら、千早とセルリアを見つめて囁《ささや》くように告げる。

「大丈夫だと思う」

「リスクは感じないってことだね」

「たぶん…」

「なにか、ほかに読み取れる？」

周は、決して断言はしない。元々、寡黙なのも承知だが、あえて突っ込んだイメージを訊《き》いた。

どう答えるべきか迷ったふうな沈黙のあと、当惑めいた回答が返る。

「……期待感は、あんまりなくて、疑ってる」

「眉唾《まゆつば》もので、あてにはしてない。いわゆる、お試し的な感覚の依頼？」

「…そんな感じ」

「ははあ。そっち系ね。ありがとう」

「ううん」

ありがちな反応に、さもありなんとうなずいた。

元来、『ルース』はアンダーグラウンドな組織だ。知る人ぞ知るといえばいいか。アバウトにまとめれば、特殊能力を使って個々の異能者が依頼を解決する。いわゆる〝なんでも屋〟のような集団である。

ラインナップは、人生相談、薬の調合、行方不明の人やペットの捜索、霊障全般の解決という具合だ。メンバー各自の能力別に、ギメルが仕事を割り当てている。

千早とセルリアを除き、『ルース』にはあと四人いた。

六年前、NIPPONに帰ってきた千早と偶然、出会った周が千早の正体を知った。

これを契機に、異能のために周囲から理解されず、苦しむ人の居場所をつくってほしいと周がギメルへ頼んだのだ。

その結果、『ルース』はできた。付随し、メンバーたちが安心して住める住処《すみか》も、会社が入ったビルに隣接したマンションに確保された。

ちなみに、仕事は必ず二人一組で行う。単独での行動は、原則的に厳禁だ。プライベートは外出も含め、自由に過ごせる。だが、防犯上の理由で、ひとつの部屋にコンビで住むのが決まりだった。

ほかにもルールはあれど、千早が周の言葉に思いを巡らせる。

コンピューターの情報網《ネットワーク》上に書き込まれた『ルース』についての評価を、懐疑的に捉《とら》える者がいて当たり前だ。極めて正常な思考といえる。

事実、冷やかしや悪戯《いたずら》メールもけっこうくる。そういうものや、危険な依頼は、周が見抜く。反面、成功率が百パーセントを誇るゆえ、リピーターも多かった。一件当たりの報酬が七桁《けた》の破格な値段でもだ。

この依頼主は大方、石橋を叩《たた》いて渡る性分なのだろう。そう認知した千早へ、周が言い添える。

「ふたりに、危険はないから」

「僕とセルリアにはって意味？」

「うん」

「そっか。………ん？　でも…」

「え」

「今の言い回しでいくと、別の誰かにとっては危ないの？」

「…そういうわけじゃ、ないけど」

「けど、なに？」

「………」

なにげない千早の疑問に、周がなんとも弱り果てた面持ちになった。助けを求めるよう、ギメルへ視線を向ける。

そのＳＯＳを受けて、ギメルがあとを引き継いだ。

聞けば、周も今回の依頼人を知っているらしい。加えて、かなり苦手だという。依頼とは別に、ギメルへ送られてきた私的なメールの行間から感じ取った相手のマイナス感情に疲弊中だとか。

同一人物の二通の文面を読んで、周も混乱ぎみなのが実情と語られた。

道理でと納得した。因縁深い知人のメールが要因で、精神的に参っていたのだ。

「そうだったんだ」

「きみたちに害がないのは、確かだよ」

「わかった」

感受性が強すぎるのも、本当に気の毒だ。幼少期以来、普通の人には見えないものが視、えていた幻視家の周である。

直接会った相手の本質も、一目で見抜けてしまう。

彼の目には、セルリアも初対面時で白豹と二重に映ったそうだ。千早の来し方も、看破された。その上、周の勘は予知レベルで鋭い。

これらの異能のせいで肉親にすら疎まれた彼も、今はギメルがいる。

溺愛《できあい》対象の周を悩ませる依頼主では、ギメルも乗り気になるまい。

顚末《てんまつ》は把握できたものの、特定記憶消去薬への関心も捨て難かった。セルリアの重圧がひどくなる中、しばし考えた千早が口を開く。

「じゃあ、返事はいったん保留で。期限も差し迫ってないし」

「私たちに気を遣う必要はないよ」

「僕なりの危機管理だから」

「そうかい？」

「うん」

「では、その方向でいこうか」

なんといっても、依頼品は人間の脳に干渉する薬だ。興味本位で軽々に依頼を受けて創薬したあげく、悪用されたくはなかった。

今後の先方の出方を窺《うかが》いながら、吟味しようと決める。

この時点で、六割方は断る方針に意思は傾いていた。別段、止められたわけではないが、周の様子を見る限り、注意するほうが無難だ。

他方、状況によっては意見が翻る可能性もなくはない。そう答えた千早に、セルリアが冷然と吐き捨てた。

「往生際の悪い」

「現実的に、往生できない僕の得意技でね」

「開き直るな」

「事実だもん。きみも、あきらめてつきあってよ」

「長生きしすぎで捻《ね》じ曲がった性格を矯正できたら、考えてやる」

「うわ。セルリアってば、容赦なく無慈悲で泣けてくる」

くすんと、千早が洟《はな》をすする。哀れっぽくソファによろめいて片手をつき、項垂れてみるも、無駄だった。

なおさら凍えた声が、鼓膜にひんやりと突き刺さる。

「見え透いた茶番はやめろ」

「やっぱり、通じないか」

けろりと体勢を立て直して、横に座る整った横顔を見た。呆《あき》れた様相を隠さない彼へ、懲りずに告げる。

「あんまりすげなくすると、ごはんをけちろうかな」

「それなら、おまえも豹の俺には金輪際、触らせない」

「えっ。それだけは、勘弁！」

想定外の反撃を食らい、本気で慌てた。動物好きの自分にとって、豹になったセルリアを触りまくるのが最近の癒《いや》しなのだ。その楽しみを禁止されるのは、心底こたえる。

セルリアと千早のやりとりに、周が微かに笑った。ほんの少しだが、頬に赤みもさしてきたようで安堵《あんど》する。

目が合った周へ目笑した千早をよそに、セルリアが立ち上がった。

話はすんだと判じたのだろう。部屋を出る間際、彼が不意に振り返って、ギメルをまっすぐに見つめた。

「家の中と外、見て回っていいか」

「どうぞ」

「立ち入り禁止エリアは？」

「ないよ。どこでも、セルリアの好きに探索してくれていい」

「そうする」

それだけを確認し、セルリアは悠然と出ていった。

自らがいる場所を隅々まで把握しないと、落ち着かないようだ。ギメルも同様に感じたらしく、会って早々の頃を思い出すと破顔した。

セルリアを見送ったあと、本調子ではない周を慮《おもんぱか》り、千早も腰を上げる。

依頼人について話を訊くのは、またの機会でいい。もとより、バカンスに訪れたのだ。急ぐ必要はなかった。

「じゃあ、僕も部屋に戻るよ」

「ああ。ディナーは全員で食べよう」

「うん」

夕食時には、周の具合もだいぶんよくなっていた。

この三日後、千早とセルリアは再び、ギメルの居室に呼び出された。

体調が戻った周も、そばに寄り添っている。今度はなんだと訊ねたら、苦笑いと共に意外な返答がきた。

「両親が私たちをパーティに招きたいそうだ」

「パーティ!?」

奇《く》しくも、セルリアと声をそろえて訊き返してしまった。

ギメルが言うには、久々に会う息子と甥《おい》、その友人のためにパーティを開こうと思い立った両親から提案されていた。

彼らも、L.A.の別荘に休暇で訪れているらしい。

気持ちはわかるので、打診の時点で承諾した。ところが、蓋《ふた》を開けてみれば親しい者だけのホームパーティのつもりが、結果的に大がかりになったという。それも、今日の午後六時開催だ。

そう告げられた途端、セルリアがすかさず述べる。

「俺は、パス」

「ちょっと、セルリア。せっかくのご招待なのに」

「頼んだ覚えはない」

「そうなんだけどね…」

餌以上でも以下でもない人間と、積極的に交わるつもりはない。己の意志を貫き、彼が欠席を表明する。

眩暈《めまい》を覚えた千早が説得を始める直前、控えめな声が呟く。

「ぼくも…」

「周くんも？」

驚きのあまり両目を瞬《しばた》かせた千早に、ギメルが事情を話す。

大勢が集まる場所は、人の数だけ様々な思念が飛び交う。そういったところが周は不得手とあり、辞退を申し出たのだ。

もうひとつ、周の家族ほどではないが、ギメルの親兄弟やヴィンカ家の親族も、異能ゆえに周を疎んじる嫌いがあると聞いて、せつなかった。たぶん、周本人より、ギメルが行かせたくない想いが強いのだろう。

気持ちは重々わかるので、千早も前言を撤回した。

「それじゃあ、欠席でいっか。セルリアも、出席は絶望的っぽいしね。でも、ご両親の手前もあるし、僕はつきあうよ」

「私は助かるが、千早はいいのかい？」

「もちろん」

ギメルの懸念は、理解できた。三宅《みやけ》のケースが再来しうるせいだ。

人数が多くなるほど、昔、自分と面識のある人間がいる確率は高まる。当然、千早も対応策を講じるつもりでいた。

現に、AMERICA入国後、セルリアとギメルと周以外の前では、〝樫山亮《かしやまりょう》〟という偽名を使っている。

これに少し変装すれば、そこそこごまかせる自信はあった。

「平気そうでしょ」

「そうだな。ありがたく同伴願おうか」

「……千早」

迷惑をかけてごめんなさいと謝る周を、笑顔で宥める。

同日の夕方、千早とギメルはそろってヴィンカ家の別邸へ出向いた。

正当な理由なき欠席の代償に、セルリアには周の話し相手兼護衛を言いつけてきた。周が相手だと強硬に突っぱねられないのか、渋々ながらも受けた彼がおもしろい。

ヴィンカ邸は、ギメルの邸宅から車で十五分ほどの距離だった。ギメル邸が最高級ホテルなら、こちらはもはや宮殿だ。

桁外れの豪邸ぶりに、嘆息しかこぼれない。

邸内はさらに豪華な上、広いホールにひしめく勢いで人も集っていた。その中へ、タキシードをまとったギメルと入っていく。

千早は、TOKYOの自宅から持参したスーツ姿である。仕事のときだけかけるフレームレスの眼鏡《めがね》をかけ、普段は額を覆っている前髪を上げた。

これだけでも、けっこう印象が違う。いつもどおり、手袋もはめてきた。

パーティは華やか、かつ盛況の一言に尽きた。千早は場慣れこそしていないが、少々のことでまごつく性分でもない。

長すぎる人生で培われた動じなさが、こういうときは便利だった。

ギメルの両親に挨拶《あいさつ》をすませたのちも、彼のもとへはひっきりなしに人がやってくる。国籍も性別も種々な人々だ。

ギメルとお近づきになりたい者が大半なのは、容易《たやす》く知れた。

彼らに対して、如才なく振る舞う若き辣腕《らつわん》実業家はさすがだ。そこに、一際目立つ金髪碧眼《へきがん》の美人が人垣を割って颯爽《さっそう》と現れた。

一見、二十代半ばくらいに思えた。同伴者らしき同年代の男性が、彼女の背後に控えめに佇《たたず》んでいる。

眼前に立った彼女は、一七〇センチの千早よりも長身だ。

一九〇センチのセルリアには及ばずとも、ギメルとて一八五センチは優にある。その彼と目線の位置がほとんど同じだ。つまり、ヒールの分を差し引いても、一八〇センチ近いと推測できる。

エスコートする青年は、女性とあまり変わらない上背だ。ダークカラーのスーツにアスコットタイが、よく似合っていた。

豪奢な金の巻き毛を腰まで流し、大胆なスリットの入ったタイトなロングドレスを優雅に着こなす美女が嫣然《えんぜん》と笑む。

「おひさしぶりね。ギメル」

「きみも、元気そうでなにより」

なんとなく、ギメル周辺の温度が下がったのを悟った。周囲の人はわからないにせよ、いつもの彼を知る千早は察知した。

ふたりが、互いにハグと両頬へキスをすませる。間を置かず、ギメルが千早へ彼女を紹介してくれた。

「こちらは、マリーといってね。私の幼なじみだ。マリー、彼は友人の樫山亮だよ」

「ごきげんよう。マリー・如月《きさらぎ》・シャルドンと申します」

「こんばんは、初めまして。樫山亮といいます」

微笑を浮かべて、千早も同様の挨拶を交わす。

名前で、この女性が例の特定記憶消去薬の依頼人とピンときた。ちらりと視線を流した先では、ギメルもわずかに顎を引いた。

ギメルと周からは、おおまかな話しかまだ聞いていない。実物を前に、まさしく好都合な展開だと観察を始めた。

マリーは祖母が日本人の血を多少引く、イタリア系アメリカ人だそうだ。母親が日本人のギメルとは違い、ほぼ欧米人といっていい。如月は祖母の祖先ゆかりの名字だが、現に、彼女の容姿に日本人的要素は微塵《みじん》もない。

父親のシャルドン氏が無類の親日家で、娘の名前に入れたとか。

両親が経営する『CTC』という会社の医薬品開発部門を、マリーは二十八歳の若さで任されていた。その肩書きをもとに、今回『ルース』に依頼を寄越したとみえる。

しかし、総合商社の『CTC』は元来、貴重な野生動物や植物の保護活動がメイン事業らしい。それらを世界共通のルールに則《のっと》って、各国の動植物園や研究施設等と合法的に取引を行うのだ。

ヴィンカ家には遠く及ばぬも、かなりの富裕層と聞いた。資産家令嬢らしく、気位は相当高そうだ。たしかに、気性の激しさが顔に出ている。

麗人でも敬遠したいタイプと密《ひそ》かに思う千早へ、マリーが質問してきた。

「お名前から察しますに、樫山さんは日本人でいらっしゃるの？」

「そうです」

「お仕事は、なにをなさっておいでなのかしら？」

やはり、避けては通れない問いかけなのだと胸中で苦く笑う。

これに関しては、あらかじめ偽りの答えを用意ずみだ。迂闊《うかつ》に本業を明かせば、せっかくの偽名や変装が無になりかねない。

彼女の仕事的に、いらぬ関心を持たれるのも避けたかった。

「画家です。と言っても、まだ駆け出しで、僕の絵をヴィンカさんのお目に留めていただいたのが縁で、お世話になっています」

「まあ。後援者《パトロン》なんて、ギメルらしいわ」

「樫山くんは、将来なかなか有望な新進気鋭の逸材なんだよ」

「ありがとうございます。さらに精進します」

「期待しているよ」

「はい」

事前の打ち合わせどおりに、話を合わせてくれるギメルへ一礼する。

千早の返答直後、マリーの態度が微妙に見下すものになった。今後の活躍を祈る云々《うんぬん》の言葉も、取ってつけたようで笑いを堪える。

今度は、彼女が自らの後ろにいた男性を紹介し始めた。

「申し遅れましたけれど、この方、フィードさんといって、わたくしの会社に勤めているプラントハンターなの」

「ほう。プラントハンターか」

「すごいですね。本物にお目にかかるのは、僕も初めてです」

ギメルと千早が、素で感嘆の声をあげた。言ってはなんだが、こんなすらりとした色白の優男がと驚く。

ゆるく結んで左肩から下げている茶色い長髪と黒縁眼鏡が、余計にインドア系の印象を与えていた。

「どうも。オリス・フィードです」

二十代後半に見える金瞳の青年が、会釈して名乗った。

プラントハンターといえば、薬や香水などに加工する植物の採取が仕事だ。宝石同様、非常に稀少《きしょう》な職業でもある。

なにせ、現代は原生林地帯が世界中にほぼない。かろうじて残っている自生の植物も、獰猛《どうもう》な野生動物の生息地域や密林の奥地、険しい山頂といった危険な場所にしかない。そのため、まずなり手がいなかった。

そんな秘境に行って天然の植物を発見し、持ち帰ってくるのだ。さぞ逞《たくま》しい人物を想像していたら、優美な青年で意外だった。

現況、プラントハンターは世界に十数名足らずと聞く。命がけの仕事ゆえに、必然的に報酬も高額になる。

引く手あまたで、『ＣＴＣ』に引き抜いてまだ半年という。その中において、オリスは薬用植物に強く、腕もいいそうだ。

人は見かけによらないを、地でいっていると思った。

己の職業柄、千早は彼の仕事に興味が湧《わ》いた。ギメルと千早が各々、オリスと握手をする。あとは、マリーがギメルに間断なく話しかけていた。

「どのくらい滞在なさるの？」

「約二か月の予定だ」

「来週は、我が家でもささやかなパーティを催す予定よ。招待を受けてくださる？」

「仕事の日程と重ならなければ」

「ぜひ、いらしてちょうだい」

「善処しよう」

「きっとよ」

彼女が幼なじみへ、並々ならぬ想いを抱いているのが伝わってくる。

彼とふたりきりになりたいという気持ちも明白だ。ついには、千早をオリスに押しつけ

て、ギメルの腕を取ってバルコニーに連れていく荒業に出た。

紳士的なギメルが、人前で女性に恥をかかせないことを見越した計算が透けて見える。ご愁傷さまとギメルに内心で合掌した。

残された千早は、人当たりのよさを装ってオリスと向き合う。

「置いていかれてしまいましたね」

「なんだか、ボスがすみません」

「フィードさんのせいじゃないですよ」

「そのようにおっしゃっていただけると、幸いです」

見た目に違《たが》わず、物腰がやわらかい話しぶりだ。言われなければ、体力勝負のハードな職業に就いているとは考えもつかない。

好奇心の赴くまま、千早がプラントハンターについて質問する。

「厳しい仕事と伺っていますが？」

「存外、自分の性分に合ってます。なにより、生活の糧ですから」

「達観してますね」

「そうじゃないと、務まりませんので」

「ですよね。常に危険と隣り合わせでしょうし」

「まあ。はい」

「あの、話せる範囲でけっこうです。今まで経験された中で、一番苦労した現場ってどこか教えてもらえます？」

「それなら、昨日まで行っていたSOUTH AMERICA《南アメリカ》のアマゾン川流域かと。AFRICA《アフリカ》大陸の辺境と甲乙つけ難い感はありますが」

「え⁉」

なんのための、どんな植物を採ってきたか以前に、日付に瞠目《どうもく》する。

即ち、現地から戻ったばかりなのかと呆気《あっけ》に取られた。まさに昨日の今日で、息をつく暇もなかったのではと驚く。

「フィールドワーク以外に、パーティにも出席するなんて大変ですね」

「白状しますと、こういう場は苦手で」

「僕も全然、得意じゃありませんよ」

同意した千早へ、彼が端整な口元をほころばせた。そして、そろりと周りを見回し、声のトーンを落とす。

「初対面で愚痴めいた内情を言うと、見識を疑われそうですが」

「はあ」

「ボスは強引なところがある人で、困らされることが多くて」

「…まさか、今日のパーティは、無理やり連れてこられました？」

「ええ。帰国報告に会社へ顔を出すなり、突然同行を命じられて」

「完全な業務外活動ですよね」

「それをわかってくれる方なら、問題ないんですが」

「お疲れさまです」

苦笑まじりに肩をすくめたオリスに、千早は同情を寄せた。我が社の雇用主が、いかに素晴らしいか思い知る。

一方で、マリーの人物評定が早くも定まってきた。

今夜は多分に、稀《まれ》な職種であるプラントハンターを雇っていることを多くの人に自慢したかったのだろう。しかも、オリスはルックスも申し分のない爽《さわ》やかな美青年で、連れて歩くアクセサリーにも打ってつけだ。

もしかしたら、ギメルに妬《や》かせる意図もあったかもしれない。

聞きしに勝る女性だと案じる千早へ、オリスがつづけた。

「自分で言っておいて、非常に恐縮ですが」

「なんでしょう？」

「今のは、ここだけの話でお願いできますか」

「もちろんです」

「助かります。ボスの耳に入ったら、今度はダンスを踊れなんて無茶を命じられかねずに、冷や冷やものですから」

　案外、茶目っ気たっぷりな笑顔での依頼に、快く応じる。

期せず、本業に役立つ情報をくれた上、柔和な雰囲気の彼に好感を持った。

　このとき、前方からよそ見をして歩いてくる人に千早が気づく。同時に気がついたオリスが避けようとするも、不意に足下をふらつかせた。その際、千早の胸元と彼の肩が軽く触れ合う。

「大丈夫ですか、フィードさん？」

「……すみません」

　いつの間にか、顔が土気色に近くなっている。額に冷や汗をかき、唇も紫色だ。

貧血だろうかと気遣いつつ、遠慮がちにオリスの腕へ手を添えた。

「別室で休まれますか？　お顔の色が優れないようですけど」

「…いえ。少し眩暈がしただけなので。もう平気です。さすがに、疲労が溜まってるみたいですね」

片手をこめかみに当て、彼が深く息を吐いた。

日に焼けない体質なのか、アウトドアな仕事のわりに色白だ。紫外線対策が万全なのかもしれないが、余計に血色が悪く見えた。

「疲れていて当然ですよ」

「お心遣い、ありがとうございます」

「本当に大丈夫ですか？」

「ええ」

その言葉どおり、オリスの顔色は直《じき》にもとへ戻った。

安心する傍ら、身を離したあともなぜか凝視されていて訝る。実のところ、最初の挨拶の段階から強い眼差しを時折、感じてはいた。

よもや、過去に会ったことがある相手かと、今さらながらに疑念を持つ。

表面上は微笑みを浮かべた千早が、気を引きしめて訊く。

「フィードさん、僕の顔になにかついてます？」

「…いいえ」

「なんだか、お会いした当初から、すごく見られてる気がするんですよね」

なおも、故意に切り込んでみた。どういう反応をされるか身構えたが、予期せぬ答えが返ってくる。

「すみません。なんと言いますか、樫山さんは生粋の日本人なのかと思いまして。だとしたら、そんな方と間近に接するのは初めてなので、つい」

「ああ。それで」

「はい。不躾《ぶしつけ》に拝見してしまって、失礼しました」

「とんでもない。たしかに、先祖代々、日本人ですよ」

申し訳なさげに告げられた内容で、合点がいった。

世界各国の渡航が自由になった結果、グローバル化に伴って人類の混血が進んだ。二十一世紀前半は一億人を超えていた日本人の数も、今は半分どころか二百分の一まで減っている。

その大半はNIPPONに住んでいた。しかし、移民を受け入れて、渡航制限もなくなって以後、アジア系の人々も多数いるので外見では見分けがつきにくい。

母国は日系人が多いこともあり、彼らも含めて日本人とひと括《くく》りにされる。

千年以上を生きる千早は別格だ。現在は周の実家の白香家のような旧家や皇族、旧皇族や旧華族、地方の名士の末裔《まつえい》が、宗家だけはなんとか純血を守り通している状況だった。

周も直系だが、異能のために本家とは絶縁状態という。

東洋系の顔立ちで和名しか持たない成彰も、曾祖父《そうそふ》はイギリス人だ。

現代では、世界中で混血のほうが過半数を占める。ゆえに、珍しがられるのも無理はなかった。

そういえば、セルリアは人種に関しては無関心である。人間は餌扱いを徹底した言動が現れていて笑えた。

思わず頬をゆるめた千早に、オリスがまだ珍奇な視線を送っている。

マリーはわりとすんなり無視したのに、こうも食いつかれるとは想定外だ。これまで住んだ外国でも、こんなに気にされた覚えはない。人によって、捉え方が違うのだと今回、学んだ。

次回からは、ざっくり日系人と言おう。身分詐称の訂正を講じているところへ、ギメルとマリーが戻ってきた。

どうやら、彼女を振りきれなかったらしい。

マリーは気がついていないようだが、ギメルの辟易《へきえき》ぶりが見て取れた。そんな彼に、彼女が思い出したというふうに問う。

「周さんは一緒にいらしてないの？」

「来てるが、少し体調を崩していてね。私の邸《やしき》で休んでる」

「あら、お気の毒に。お大事にと伝えてね」

「わかった」

ギメルが相槌《あいづち》を打った直後、オリスとは違う男性がマリーに近づいた。彼女の秘書という三十代くらいのその人が、小声で耳打ちする。どうも、仕事でなにかトラブルが起きたらしかった。

「ごめんなさい。急用ができたので、お暇《いとま》させていただくわ」

「気をつけて」

「ありがとう、ギメル。またね」

名残惜しげにしながらも、オリスと秘書を従えて去っていく。画家もどきの千早など、眼中にないようだ。

マリーの後ろ姿が消えた途端、溜め息をついたギメルを労《ねぎら》う。

「ご苦労さまでした」

「どうも。きみは大丈夫だったかい？」

「うん。思いがけなく、マリーさんの話が聞けたし」

「へえ」

「というか、彼女、周くんと面識があるんだ？」

「何度か。以来、周は会いたがらない」

「わかる。あれじゃあねえ。僕でも、頻繁には無理だよ。なんかあったら、殴られそうで怖いもん。周くんと僕より背も高くて、迫力満点だったし」

「いくらなんでも、暴力沙汰《ざた》はないと思うが」

千早のストレートすぎる意見に、ギメルが噴き出した。

あの手の女性は、セルリアばりの美形に、不遜《ふそん》さを兼ね備えてないと制御不能とつけ足す。間髪容《い》れず、肩を揺らして大笑いされた。

たぶん、マリーは周とギメルの母親で、生粋の日本人に免疫があったのだ。おまけに、千早と周をだぶらせたのかもしれない。

ギメルに想いを寄せる彼女にすれば、周への当たりがきついのは想定の範囲内だ。従弟なだけで、子供の頃から彼に特別扱いされている周が気に入らないと、周辺に漏らしていたという。

しかも、プライドが高いため、自らは告白しない。なんとか、ギメルから求愛するよう仕向けているとか。

妻の座を本気で狙っている噂《うわさ》も耳に入り、煩わしいそうだ。

無論、応《こた》える気が皆無のギメルにとっては、迷惑な話である。だが、相手がなにも言ってこない以上、断りも入れられずに厄介な存在らしい。

心中を慮った千早が、彼の二の腕付近をつついて促す。

「ご両親には失礼だけど、抜け出していいかな？」

「賛成だ」

「周くんも待ってるしね」

「セルリアを困らせてなければいいが」

「きっと、セルリアのほうがお守りされてるよ」

周の話題になった端《はな》から、ギメルの表情が和んだ。

その後、人の間を縫ってホールを出た。ヴィンカ家古参の執事にだけ、玄関で帰る旨を伝える。

護衛が運転する車が、エントランスへ静かに横づけされた。後部座席にふたりで乗り込み、ヴィンカ邸をあとにした。車内で、千早は眼鏡を外して胸ポケットに差し、前髪も手で崩して下ろす。ほどなく、ギメルの邸に辿り着いた。

ギメルが使用人に、周とセルリアの所在を訊ねる。一階の応接室にいると聞き、連れ立って向かった。

「ただいま」

案の定、周は自分たちの帰宅を事前に察知ずみだった。室内に入るなり、ドアのすぐそばに立って出迎えられる。

「さすがは、周くんだね」

「おかえりなさい」

「いい子でいたかい。周？」

「うん」

パウダーブルーのロングカーディガン姿の周が、そう言ってギメルに抱きついた。なんとも優しい顔つきでそれを受けとめたギメルも、彼の頭頂部にくちづけている。

微笑ましい光景を後目《しりめ》に、ソファへ腰かけていたセルリアが身を起こす。

お役御免で清々したとばかり、こちらに歩いてくる。自身の部屋に引き上げるつもりなのだろう。

しかし、千早の脇を通った刹那《せつな》、彼がいきなり立ちどまった。そして、スーツの肩口に無言で鼻先を埋《うず》めてくる。

予想だにしなかった突然の行動に、ぎょっとする。

「セルリア!?」

「………」

「ちょっと、なに。どうしたの？」

戸惑《とまど》った目線を投げかけるも、リアクションはない。真顔かつ無心な様子で、なおも、ぐいぐいと来られて困り果てたときだ。

「あ。ひょっとして！」

千早が突如、希望的観測まじりにひらめいた。もしや、周に感化されたセルリアが、自分にも挨拶をしているのではと目を輝かせる。

にやけそうになる頬の筋肉を抑え、彼を見上げて言う。

「これってさ。ちょっと変則的だけど、まさかの、にゃんこ風おかえりかな？」

「は？」

「ほら。飼い主に顔をこすりつけてくるあれだよね。でも、お願い。できれば、豹の姿でやってほしいな」

「そんなわけがあるか」

「憧《あこが》れの、ゴロニャンお出迎えじゃないの？」

「くどい」

「え〜。つまんないなあ」

「身勝手な妄想のあげくに、的外れな苦情をほざくな」

とにかく黙っていろと即答で却下されて、がっくりきた。その間も、セルリアは忙《せわ》しなく鼻梁《びりょう》を押しつけている。

片腕を強く握られていて、千早は身動きもままならなかった。

「だったら、ごはん？　だけど、セルリア。位置が違ってるよ」

「違う」

吸血の催促でもないと、再び切り捨てられた。なんとも怪訝《けげん》そうな表情で、肩のあたりを熱心に何度も嗅ぎつづけられる。

しかし、否定はしても常々、空腹を自発的に申請しない傾向の彼だ。

またやせ我慢ではと、千早は結論づけた。サイクル的にはもう一日は余裕があるが、かまわない。なので、張りきって《食事》を勧める。

「よし。ごはんだね。僕、今夜はたくさん、ごちそうを食べてきたし、遠慮なく飲んでくれていいよ」

「だから、違うって言ってるだろうが」

「なら、なんなのさ？」

「いや…」

「ん？」

滅多になく、セルリアが曖昧《あいまい》に言葉を濁した。そのまうやむやにしたいのか、摑んでいた千早の腕も離す。

足早に応接室を出ていきかけた彼を、今度は千早が引きとめた。

「ちょっと待って。そこまでやっておいて、だんまりはないでしょう」

「なんでもない」

「そんな言い訳は通用しないから。これで放置なんかされたら、僕のほうが疑問が残って気持ち悪いよ」

「……………」

「説明責任は、ちゃんと果たしてよね」

ドアの前に立ち塞《ふさ》がり、銀色の双眼を覗き込んで主張した。

こちらの言い分が正しいとわかっているのか、反論はない。再度せっついた千早に、渋りながらも、セルリアがあきらめて口を開いた。

「…残り香がするんだ」

「ああ。パーティには、きつい香りのフレグランスをつけてる人も来てたから」

「そうじゃない」

「ん？　だったら、なんの残り香？」

「……同族のだ」

「え。それって、まさか吸血人豹一族の⁉」

「そうだ」

「……っ」

思いがけない台詞に一瞬、唖然《あぜん》となった。なおも、セルリアはギメルへも一瞥をくれ、彼からも香ると答えた。

「私もか？」

「こいつほどじゃないがな。あと、同族の餌らしき人間のにおいもする」

「そんなことまで、わかるんだ？」

当たり前というように、片眉を吊り上げられる。

つまり、セルリアの一族とその餌になっている人がパーティ会場にいた。餌は何人かわからないが、同族は一個体分のにおいしかしないとか。

千早とギメルは、この両方と接触したので、香りが移ったのだろうと告げられた。

ちなみに、彼も見知らぬ者のものだそうだ。

「誰か、怪しいやつはいたか？」

「そう言われてもねえ」

「まあな」

ギメルと顔を見合わせて、千早が当惑する。残念ながら、出席者は立派な紳士淑女しかいなかった。

ヴィンカ家主催のパーティゆえに、当然といえる。見るからに不審者とわかる人間は、邸へ入れない。

千早のあとを引き取ったギメルも、真剣に同調した。

「基本的に、身元が保証された人物以外は招かれていない。正確には、各人の連れがどうかまでのチェックは、いくぶん甘いだろうが」

「見た限り、みんな上流階級の人っぽかったよ」

「ぽいじゃなく、それなりのＶＩＰぞろいだ」

「だって」

しかも、ふたりとも何人もの招待客と、挨拶のハグや頬キスをした。老若男女、数えきれないほどの相手とである。

この状況で、性別も不明な吸血人豹一族が誰かを見定めるのは、困難を極める。

それを聞いたセルリアが嘆息し、役立たずと呟いた。無茶を言うなと千早が返す寸前、つけ加えられる。

「今後、せいぜい周囲に注意しろ」

「セルリア？」

「俺たちは基本、餌に若い異性を好む。仮にそいつが女だった場合、おまえらは格好の餌《え》食《じき》になる。…例外的に、飢餓状態の男の同族にもだ。そうなりたくなかったら、身辺に気をつけるんだな」

素っ気ない口ぶりだが、自分たちへの明確な配慮である。これまで、この手の忠告を受けたことは皆無だ。

ギメルとも素早く目配せした千早は、込み上げてくる笑みを湛えた。

以前と比べて、彼との距離感が縮まっているのを実感する。

たとえ、ほんの些細《ささい》な一歩でも、進歩は進歩だ。

三宅絡みの一件以来、千早とセルリアの関係にこれといった変化はない。あの日の夜に言われた『道連れにならなってやってもいい』の真意も、いまだ訊けずじまいだ。

彼がなにを考え、千早をどう思っているかもわからない。

セルリア自身や過去についての質問にはなお、口が堅かった。

何回か水を向けてはみたものの、どちらもはぐらかされている。変わらず悪態をつかれる日々ながら、前のような頑《かたく》なな拒絶感はなくなった。

部屋で豹の姿に変じる回数も、格段に増えた。かぶりつきで触って嫌がられるも、本気で振り払う素振りもない。

だから、好きなだけ撫で回していた。何度か抱き枕《まくら》にもなってくれた。

他方、解呪薬《かいじゅ》の研究と、セルリアの体質改善薬づくりは、現在も継続中だった。当人の本心が未確認な以上、勝手にやめられまい。なんといっても、彼の不死が確定したわけでもないのだ。

そちらのほうも併せて、研究三昧《ざんまい》の日々を送っている。

今はまだ、これでよかった。時間はたっぷりある。無理にいろいろと訊き出す趣味もないので、ゆっくり歩み寄っていこうと思う。

セルリアが話す気になる日を待つくらい、なんでもなかった。その矢先の、不意打ちの心配りで驚いた。

根本的に、人間はどうでもいいはずの彼だ。それが、少なくとも、千早とギメルと周は特例とわかって、とてもうれしい。

たとえ無意識の気遣いだろうと、よろこばしかった。

わざわざ指摘して機嫌を損ねる愚挙は犯さず、千早が礼を述べる。

「アドバイスをありがとう。気をつけるよ。ね、ギメル」

「ああ」

ふたりの謝意を受けても、セルリアは眉ひとつ動かさなかった。

もう用はないといったふうに、応接室から出ていく。ギメルと周に手を振って、千早もそのあとにつづいた。

階段を上りきり、歩幅が広い彼に部屋の前でようやく追いつく。

ドアに手をかけた長身が、胡乱《うろん》げな視線を向けてきた。

「なんだ」

「うん。ごはんの押し売り」

「いらないって言っただろ」

「どうせ、明日か明後日《あさって》くらいには空腹になるよね。じゃあ、今夜でもよくない？」

小腹はすいているはずと示唆すると、セルリアが口を噤《つぐ》む。渋い顔つきが図星なことを物語っていた。

「…もの好きが」

「お腹がすいたって、素直に申告しないきみは意地っ張りだよ」

「放っておけ」

苛立たしげに舌打ちした彼が、ドアを開けて室内へ入っていく。スチールグレイのベストを着た背中について、中へ足を踏み入れた。

千早はスーツの上着を脱いでチェストに置き、手袋も取ってそこに抛《ほう》った。

次に、ネクタイをほどく。ワイシャツのボタンも上から三つ外し、ソファに座っているセルリアの隣に腰かけた。

吸血のたびに至極不本意そうな彼は、あきらめが悪い。

さきほどの話からすると、若い異性の血を本来は飲みたいのだろう。ただし、心外なのは千早とて同じだ。男の身で同性から抱き寄せられるような体勢で、首筋に顔を埋められるのは、いたたまれない。

その反面、単に拗《す》ねているのがわかる分、憎めなかった。不可抗力とはいえ、己の血液しか受けつけない体質に変えてしまった罪悪感もある。

ソファの背もたれに深く寄りかかり、千早が笑顔で促す。

「た～んと、召し上がれ」

「そういうふざけた言い方はやめろ」

「心から思ってるんだけどな」

「おまえの軽薄口調だと、侮られてる気しかしない」

「きみの話し方のほうが、僕より数倍は尊大に聞こえるよ」

「やかましい」

「はいはい」

不機嫌全開の端整な顔が、至近距離に迫ってくる。表情とは真逆で、声だけは艶《つや》のある魅惑的な響きに一変した。

セルリアの吐息と唇の感触を肌に感じる。喉仏から若干、横にずれた位置に微かな痛みが生じた。

尖《とが》った異物が皮膚を突き破る感覚は、何度経験しても慣れない。

真皮をも貫通し、神経ごと食いちぎられる危惧《きぐ》も多少ある。

「ん…っ」

「動くな」

「それが、けっこう難しい注文なんだってば」

「毎度、手間のかかるやつだ」

くぐもった返答ののち、いかにも面倒くさげに覆いかぶさってこられた。

セルリアは頸部《けいぶ》の横側ではなく、真正面から血を吸う。ゆえに、千早は首を反らして真上を向く姿勢を保つはめになる。

この体勢が疲れるとクレームをつけたら、後頭部に腕を添えてくれるようになった。だから、今もそうしてくれている。客観的に見れば、腕枕状態で微妙だ。けれど、千早的には楽で助かる。

こういうところも、柔軟に変化した点だ。前の彼であれば、放置か、クッションでも挟んですませる。

抜けかけた牙《きば》に、また深く肌を穿《うが》たれて、低く呻いた。瞬時、力んでしまった筋肉を、深呼吸で脱力させていく。

吸血中のセルリアの色香溢れる声音と記憶操作は、麻酔の役目を果たすらしい。だが、千早は呪術《じゅじゅつ》的な影響を受けないため、これらが効かない。

なぜなら、はるか昔の平安時代に、当代最強と謳われていた陰陽師《おんようじ》・賀茂万雷《かものばんらい》から、不老不死の呪《のろ》いをかけられたせいだ。当時の自分は中流貴族で陰陽師の家系に生まれながら、医薬方面に関心があり、典薬寮《てんやくりょう》へ勤務する役人だった。

数年後には、典薬助《てんやくのすけ》に抜擢された。さらなる精進を誓った折も折、陰陽寮《おんようりょう》に出仕し、陰陽頭《おんようのかみ》の次位である暦博士《れきはかせ》たる千早の父親の千景《ちかげ》が野心を持った。そして、代々陰陽頭の座に就いていた賀茂を姦計《かんけい》に嵌《は》めて失脚させた。

一族郎党、連座で処刑となった賀茂の呪詛《じゅそ》は強力すぎた。千年もの時間《とき》が流れた今も、解ける手立てがないほどだ。

おかげで、親しい人が亡くなっていくのを幾度も見送った。自分だけが取り残される孤独な人生を送りつづけてきた。死にたい、死んで解放されたいと慟哭《どうこく》し、それが叶わぬと思い知らされるつど、絶望した。

真実の己を誰にもわかってもらえない寂しさとつらさは、さながら地獄だ。

いくら希求しようと、同胞など見つかるわけがない。いっそ、精神が壊れてしまえば、まだ楽だった。それすら叶わず、開き直りの境地に達するしかなかった。

やがて、呪いを解くための解呪薬づくりを思いついた。

この研究に邁進《まいしん》し、幾星霜を経て、周とギメルに出くわす。その数年後、どういう運命の巡り合わせか、セルリアとも会った。

千早に科された過酷な宿命が、わずかずつだが変容の兆しを見せた瞬間だ。

実際、長すぎる生の中で、彼らと共に在《あ》る今が一番楽しい。

自分が何者かを承知で快く受け入れてもらえた事実が、心が震えるほどにうれしかった。

セルリアにとっては餌にしろ、誰かに必要とされる歓喜には替え難かった。

こんなふうに吸血のたび毎回、多少の苦痛が伴ってもだ。

「う…ぅ」

遠い過去へと遡《さかのぼ》っていた思考が、痛みで現実に返る。しかし、それもはじめのうちに限られた。

噛みつかれたあたりが、次第に熱っぽく疼《うず》き出す。間を置かず、火照《ほて》りが手足の先まで拡散していった。

幾許《いくばく》もなく、微酔状況にも似た心地よい眩惑《げんわく》に襲われる。

すでに痛みは治まり、互いの呼吸と心音が重なった。まるで、彼と融合するような錯覚にも陥り、胸を喘《あえ》がせる。

まったくもって、表現し難い不可思議な体感といえた。図らずも、官能的に陶然とした表情を己が浮かべている自覚はない。

なおも逆上《のぼ》せそうな感覚にブレーキをかけるべく、千早が言葉を紡ぐ。

「少しは、ごちそう風味の味になってる？」

「血は血だ」

「いつもより、美味《おい》しかったり、しないのかな」

「しない」

「ほんとに？　ちゃんと、味わって飲んでる？」

「《食事》中は黙ってろって、何回言わせる気だ」

「僕にも、事情があって……ん」

うるさいと知らしめる意図か、さらに強く片腕で肩を押さえつけられた。いったん顔を離して応じたとみえて、血が滲《にじ》んでいると思しき傷口をセルリアが舐《な》める。

ざらついた舌の感触が、彼が人ではなく猫科の大型獣だと痛感させた。

微細な痕跡《こんせき》しか残さぬ吸血の仕組みは、まだ教えてもらっていない。

「…っく」

そうこうするうちに、鋭利な切っ先があらためて肌を貫いてきた。咄嗟《とっさ》に、間近の腕に爪《つめ》が食い込むほど両手でしがみつく。

失血中にもかかわらず、千早の身体が恍惚《こうこつ》感に包まれていく。

熱い吐息をこぼすのを数分耐えたのち、吸血が終わった。セルリアの上体が離れた刹那、千早が大きく息を吐き出す。

それから、ソファの背伝いにずるずると横向きに倒れ込んでいった。

吸血後は常時、貧血とまではいかないが、だるくなる。少しの間、休んでいたら治るも、直後は動くのも億劫《おっくう》だ。

吸血人豹一族の術が効かない千早は、他の人間よりも後遺症が重いらしかった。こればかりは、どうにもならないので仕方あるまい。

おもむろに視線を巡らせて、彼へ断りを入れる。

「ごめん。ちょっと、ここにいさせてもらうね」

「セルリアも、自由にしてて。なんなら、豹になってくれてもいいよ」

「好きにしろ」

「こんなところで誰がなるか」

「残念だなあ」

人型の彼も、見応え抜群の美貌だ。だが、尾まで含めた体長二メートルを誇る獣の姿も、見惚《みと》れるほどに美しい。

アイスグレーの双眸は、知性に満ちて気高い。純白の被毛も、天鵞絨《ビロード》もかくやという極上の手触りだ。

前回、触りまくったのはいつだっけと考えつつ、セルリアの返事に理解を示す。

ギメル邸は、いまだ気を許せる場所になっていない模様だ。滞在数日なので、無理もない。おまけに、同族の存在が近くにあるとわかった事柄も、警戒心に拍車をかけた一因だろう。

野生の豹は、一頭で行動すると聞く。ならば、彼の一族も単独でいるのが普通という可能性もあった。

もし群れるとしても、家族単位だ。それでも、各自の縄張り意識は強いかもしれない。

だとすると、安易にもうひとつの姿を取る気になれないのもうなずけた。いくら記憶操作ができるにしろ、使用人などに正体がばれたら厄介な事態になるのは必至だ。

セルリアが諸々《もろもろ》、警戒して当然だった。

毛艶ならぬ、色艶がよくなった彼へ、千早が違う話題を振る。

「ねえ。僕たちが留守中、周くんとなにを話してたの？」

「別に」

「まさか、口をきいてないとかじゃないよね」

「向こうが黙り込んでるのに、俺が話す義理はない」

「約三時間、ふたりとも沈黙でいたわけ？」

「……あいつが触ってくるのは恒例だ」

憮然と呟かれた台詞に、思わず笑ってしまった。そのシーンが容易く脳裏に描けるから、なおさらだ。

周の目にどう映っているかはわからないが、周はセルリアに触れたがる。人型でいてもかまわず、猫を慈しむように頭や顎の下を撫でるのだ。

それが純粋な好意と伝わるためか、彼も強くは出られないらしい。冷淡な応対はするも、千早やギメルへの態度とは、いくぶん異なった。

及び腰ではないものの、扱いあぐねているというのが近い。

じゃれつく雛《ひな》を、異種族の豹が困惑ぎみに相手するといった感じだ。その気になれば、一口で丸呑みできるも、無邪気に懐かれて閉口し、お手上げ状態になっている。

結局、最後はセルリアが観念して触られ放題になるパターンだ。

最高に仏頂面だったろう彼が想像できた。千早が笑いを必死に嚙み殺し、いたわる。

「…丸々三時間強、ずっと触られ放題かあ。えらかったね。セルリア」

「心にもないことを言うな。目が笑ってる」

忌々しげに睨まれて、我慢しきれず、ついに噴き出した。

小さな嘴《くちばし》で、巨大な白豹を必死に毛づくろいする雛の図が頭から離れない。雛がうっかり転がり落ちると、怪我をさせないよう慎重にそっと銜《くわ》えて、もといた場所に戻す場面まで浮かんで困った。

「周くんとは、言葉はなくても、コミュニケーションが成り立ってるんだね」

「どこがだ」

「まあ、なんとなく？」

笑いをおさめて言った千早の指摘に、片眉を不満げに吊り上げられる。

その後も、他愛《たわい》ない話をする間に体調は上向いた。セルリアの部屋を退き、自室へ引き上げて休む。

翌日は、仕事の休憩中のギメルから、アフタヌーンティーに招かれた。

千早が呼びにいったときには、セルリアの姿は部屋になかった。きっと、広すぎる邸の探索で忙しいのだろう。誘ったところで、不参加の気もした。

結局、残る三人でテーブルを囲む。そこへ、周宛てに届いたと、使用人が贈り物を運んできた。

差出人がマリーで、周が表情を曇らせる。丁寧にも、添えられたカードには手書きのメッセージまであった。彼女の字ではないという。どうやら、フラワーショップの店員が、伝言されたものを書いたようだ。

それを読んでは、返事をしないわけにもいくまい。

パーティの際、周の調子が悪いと聞いて見舞いを寄越したとみえる。烈婦に見えて、なかなか気配りができる女性だと千早がマリーを見直す。

テーブルに置かれた、ホールケーキ用と同サイズ程度の箱を周が眺めた。よくないことが予見しうるのか、悲愴《ひそう》な面持ちだ。そんな彼を、ギメルが気遣う。

「私が開けようか？」

「……自分でする」

「無理はしなくていいんだよ?」

「うん。でも、頑張ってみる」

逡巡《しゅんじゅん》の末、意を決して、周が箱の蓋を開けた。

中身は、華麗に咲き誇るカサブランカを主役に、豪華にアレンジメントされたボックスフラワーだった。

「わあ。きれいだねえ」

「周!」

「……っ」

次の瞬間、千早の感嘆と、ギメルの緊迫した声が被《かぶ》った。

驚いて視線を遣った先に、口元を片手で押さえた周がいる。すぐに堪えきれなくなったように蒼《あお》い顔色でソファに頽《くずお》れた彼を、ギメルが抱きとめた。そのまま、細い身体を横抱きにして立ち上がる。

それから、珍しく厳しい口調で、贈り物の処分を使用人に命じた。次いで、千早のほうへ向き直る。

「すまないが、きみも隣室に行ってくれるかい?」

「了解」

「こっちだ」

「僕がドアを開けるよ」

別室へ移ったあと、ギメルは周をカウチに寝かせた。そして、襟元で結んでいたバーガンディのスカーフを手早くゆるめる。黒いシャツのきっちり留めていたボタンも、上から二個外した。

部屋の移動は、残った百合《ゆり》の香りを考慮しての措置だろう。

若干、呼吸が浅い周を気にしながら、千早が静かに訊ねる。

「まさか、周くんは百合アレルギーなのかな？」

「ああ」

無論、周は話せる状況になく、ギメルが答えた。贈り主がわかっていて、先に確認しなかった自らを悔いているふうな嘆息と共に補足する。

「ほかの草花は、大丈夫なんだがな。子供の頃から、百合だけは香りで頭痛や嘔吐《おうと》感を催すみたいでね」

「そっか。たまに、そういう人いるよね」

うなずいて見遣った周は、苦しげに両目を閉じていた。

花束とは別の、ボックス仕立てで中が見えないのがネックになった。そこが、マリーの狙い目だったのだろう。しかも、彼女本人は注文のみで、ほぼかかわっていない。

第三者の感情の介在が、マリーによる悪意を薄めた可能性があった。

なにより、周の百合アレルギーを知らずに贈ったとは考えにくい。あらためたばかりの彼女の見方を、千早が即行で覆す。

第一印象はかなり正しかったと、証明されたも同然だ。

しかし、白を切られれば、終わりだ。苦情を申し立てるのも、いたずらにギメルとの接点を設けるだけで、マリーの思う壺《つぼ》になりかねない。ギメル自身もそれを承知な分、苦りきった顔つきになるのだ。

いくら命にかかわらない程度の症状とはいえ、悪質すぎる。見舞いと称した手の込んだ嫌がらせに、千早は眉をひそめた。そして、ふと思い立つ。ギメルに断りを入れ、自室に取って返す。

ほどなく、ふたりのもとへ戻ってきた。心配そうに周の髪を撫でるギメルを制し、周のそばに膝をついて話しかける。

「周くん、少しだけ起きられるかな」

「……？」

「あのね。これ、僕がつくった頭痛薬と吐き気止めなんだ。よければ、飲んでみて。市販のものよりは、確実に早く効く」

「……」

千早の台詞に、彼が薄く瞼を開けた。ひどくつらそうな様子が、かわいそうだ。だが、服薬しないと症状は治まらず、改善するまで待つほうが不憫《ふびん》だ。

最低限の常備薬をTOKYOから持参してきておいて、よかった。

「飲めそう？」

「……ん…」

「じゃあ、ギメル。周くんを支えてあげて」

「わかった」

微かに顎を引いた周を見て取り、ギメルの手を借りて彼を起こす。使用人を呼んで大至急、水も持ってきてもらった。

どうにか二粒の錠剤を飲ませ、再度横たわらせる。

薬を飲んだ甲斐《かい》あってか、三十分と経たずに周は復調した。

数日後、セルリアたちは観光地へ足を伸ばすことになった。

単独行動が好ましいので、面倒だと一度は断った。しかし、現在、滞在中の邸とはまた違うらしいのギメルの別荘がある行き先のARIZONA《アリゾナ》は、太古からの砂漠地帯だ。

しかも、広大な砂漠の一画に人工的なオアシスがあって、そのエリア内には緑豊かなサファリパークも整備されているという。

天然でなくとも、自然に触れるのは嫌いではなかった。だから、それならと同行を受け入れた。

「!?」

ギメル邸のガレージに皆と向かう途中、セルリアは足を止めた。

なんとなく、誰かに見られているような気がしたのだ。目を凝らし、耳も澄ませ、注意深く周囲を見回す。

さらに意識を集中しかけたとき、肩を叩かれた。

「ぼんやりしてどうしたの、セルリア？」

「……………」

「まだ寝ぼけてるのかな」

「…この能天気野郎が」

千早のせいで、集中力が一気に削《そ》がれた。さきほどの微細な気配も、すっかり消えてしまっている。

気の回しすぎ、または邸の監視カメラならいいがと舌打ちした。

「なに。朝早くに起こされたのを、根に持ってるの？」

「おまえに対する俺の恨みが、そのレベルだとでも？」

「お言葉を返すようだけど、しつこい男は嫌われるよ？」

「餌に好かれてよろこぶ趣味はない」

「餌って、そんなはっきり…。ほんと、きみは世渡りが下手そうだよねえ」

「余計な世話だ」

常どおりの応酬のあと、セルリアは助手席に乗り込んだ。

航空機や一部の営業用自動車《タクシー》を除き、バス等の公共交通機関や自家用車も人間が運転する機会は減った。目的地さえ設定すれば、無人での自動走行が主流ゆえだ。

当然、昔同様に自らがハンドルを握ることも可能である。今日も、ドライブが趣味の千早が運転を買って出ていた。

遊びにいくため、ギメルの護衛たちは別の車で追随してくる。砂漠地帯を走るので、どちらも頑丈な四輪駆動車だ。

後部座席には、周とギメルがおさまっている。

ギメルは可能な限り仕事を後回しにし、バカンスを一週間前倒しての遠出だ。おそらく、別荘行き自体、周を元気づける意図だろう。百合アレルギーの話は、セルリアもあとから聞いた。

気が滅入る出来事の連続に、千早が気分転換を勧めたらしい。

「さて、出発するね」

「NIPPONと違って、右側通行だぞ」

「わかってるって。AMERICAには、セルリアの年齢以上に住んでたし」

「………」

返事に詰まる回答をさらりと返され、頬を歪《ゆが》めた。

ギメル邸を、午後十時前に発《た》つ。しばらく走って、ARIZONAに着いた。欧州を転々としてきたセルリアは、初めて砂漠を直《じか》に見る。

数世紀前より、面積は大きくなったという。現在も、少しずつ広がっているそうだ。

細かい粒子の砂が風に巻き上げられる様や、砂紋が神秘的だった。砂丘にできた光の加減による陰影にも、目を奪われる。

照りつける太陽の暑さを避け、停めた車の窓から全員がそれらに見入った。

ほどなく、再び車が走り始める。車中では、千早とギメルが主に話した。そこで、これから向かうサファリパークは自家用車で巡れるオプションが人気と聞く。いろんな動物たちがいるが、すべて人間に飼育されている。猛獣も近くで見られるのが売りらしかった。自然になるべく近い状態での放し飼いもだ。

オアシスでもあるから、様々な植物も楽しめるとか。

「僕は、動物園なら何回か行ったことがあるけど、サファリパークはないんだよね」

「意外だな」

「…うん」

「つまり、ギメルと周くんはあると？」

「千早と同じで、周も動物好きだからな」

周の肯定を機にセルリアへも訊いてくるかと思いきや、話題が変わった。千早なりに、自分に気を遣ったようだ。

動物の豹でも、人間に飼われて見世物にされているのを、セルリアが不快と捉えるのではと慮ったとみえる。

さりげない千早の配慮に、内心で苦笑を漏らした。

そもそも、吸血人豹一族と彼らは、違う種族である。たしかに、もし彼らが人間に迫害されていたら、不愉快にはなる。気が向けば助けるかもしれないが、深入りはしない。

どちらも、互いが共存不可なことをわかっている。

心遣いをするくせに、サファリパークへ行くところは、いかにも千早だ。過分な遠慮が
セルリアを苛立たせると既知なのだ。

図々しさと濃《こま》やかさを絶妙に使い分ける彼は、侮り難い。さすがは千年を生きるだけは
あるつわものだが、不思議と不快感はなかった。ただ、一言言っておく。

「下手な気遣いはよせ。鳥肌が立つ」

「失礼な言い草だなあ。せっかくの僕の真心が台無しだよ」

「おまえの誠意ほど、胡散《うさん》くさいものはない」

「誰の心をも抉《えぐ》るきみの皮肉は、鈍る日がないんだね。今日も絶好調だ」

「おまえにだけは言われたくない」

「僕はマイルドな会話専門だけどな」

「腹の底でなにを考えてるか、わかったもんじゃないってことだ」

「それは、言わぬが花でしょう」

多少の嫌味程度、ものともせぬ千早に、感心されたくなどない。背後で笑うギメルと周
を、セルリアがちらりと一瞬睨むも、効果はゼロだ。

間もなく、目当ての施設に行き着いた。ドライブスルーでチケットを買い、オアシスの中につくられたサファリパークに入る。

ギメルの護衛へは、外で車に乗ったまま待機の要請をした。

速度を落とし、車中からゆっくりとパーク内を見て回る。猛獣がいるゾーンでは、さすがに窓は閉めたままだ。草食動物はもちろん、水辺には色とりどりの水鳥やワニ、カバなどの生き物もいた。

セルリアの目が届く範囲に、豹はいなかった。それでも、至る箇所で多種多様な動植物を見られるせいか、飽きない。

もう少しで一周し終わる段になって、千早がブレーキを踏んだ。

亜熱帯地域の植物を集めたゾーンだ。密林がモチーフらしく、葉や枝ぶりが立派な木立や、様々な高さの叢草《むらくさ》が今までで最も豊かなつくりだった。

「あそこに貴重な花を見つけたから、動画を撮ってくるよ」

「はあ?」

「ちょっと、待っててね」

すぐに戻ると言って、そそくさと車を降りていってしまった。

止める暇もない千早の行動に、セルリアが呆れる。ここへ置き去りにしてやろうかと呟くも、ギメルに窘《たしな》められた。

「まあまあ。別に、先を急ぐでなし」

「呑気《のんき》なもんだな」

「なにか気になることでも……ああ。例の、あれかい？」

「………」

ギメルも、セルリアの同族の残り香問題を思い出したのだろう。

セルリアはあえて肯定も否定もせず、うんざり顔で助手席のドアを開いた。

「千早を迎えにいくのかな？」

「念のためだ」

「そうだね。頼むよ」

おおらかに送り出され、なんで俺がと愚痴りつつ、乱暴にドアを閉めた。

周とギメルでは、もしもの際に役立ちそうにない。適任が自分しかいない以前に、ひとりで飛び出した千早の軽率さが諸悪の根源だと腹が立った。

文句のひとつでも言わねば、割に合わないと眉根を寄せる。

動画撮影中の彼に追いついて、早速クレームをつける。

「おまえ、ふざけるなよ」

「あれ、セルリア。どうしたの？」

「どうもこうもあるか。勝手な行動を取るな。迷惑だ」

「ごめん。でもね、すごく珍しい花なんだよ。生で見られて幸せ」

「充分、撮っただろ。行くぞ」

「あと少しだけ」

「おい」

セルリアが険しい声音で何度となく急《せ》かすも、どこ吹く風だ。

携帯用通信端末を両手で持ち、あらゆる角度で撮影している。一分ごとに『まだか』と『もうちょっと』といったやりとりを繰り返す。

十五分近く過ぎた頃、いい加減に堪忍袋の緒が切れた。

強制的に連れ戻そうとする直前、車がある方向からギメルの声が聞こえる。

「千早。セルリア。そろそろ、行かないか？」

「ほら、みろ。あいつらも待ちくたびれて…」

「うっ」

セルリアが瞬時、そちらに目線と気を逸《そ》らした刹那だった。

千早の苦悶《くもん》に満ちた声が耳に届き、ハッとして視線を戻す。

背の高い草木が鬱蒼《うっそう》と生えた茂みが揺れていた。その奥へ、何者かによって引き摺《ず》られていく彼の膝から下が映った。

いつの間に、そんなところへ行ったのだと思うような移動距離である。四、五メートルは離れている。そこは、監視カメラからも死角になっている場所だ。

慌てて追っていき、両手で草木を掻《か》き分ける。すると、血まみれの背中を晒《さら》し、俯《うつぶ》せで倒れた千早が視界に入った。

出血はひどいが、まだかろうじて意識はある。痛みに低く呻く彼の脇に黒豹がいて、セルリアが息を呑んだ。

「……っ」

千早のシャツの襟首を銜えて、ここへ引っ張り込んだのだろう。うなじ付近の襟にくっきりと牙の穴が開いていた。

眼前の黒豹は、変身時のセルリアより、いささか小さい。目測で、レンくらいの大きさだ。その強靭《きょうじん》な右前脚が黒光りして見えるのは、千早の血がついているせいだ。あの鋭い爪で引き裂かれたのだと、奥歯を噛みしめる。

この黒豹が件の同族と、セルリアはにおいで悟った。男なのも判別できた。詳しい年齢までは、さすがにわからない。

施設内はいろんな動物や植物をはじめ、数多《あまた》の人間のにおいが混在する状況だ。

ゆえに、気づくのが遅れた。加えて、おそらく自分に察知されないため、風下にいたに違いあるまい。

そもそも、まさか本物の動物にまぎれ込む真似《まね》をするとは思わなかった。

おもむろに、黒豹が千早へとどめをさす動きを見せた。反射的に、両者の間へ身を挺《てい》して止めに入る。

かろうじて間に合ったが、セルリアも負傷は免れない。千早を庇《かば》わねばならないので、防戦一方にもなった。

飛びかかってきては繰り出される攻撃を、ぎりぎりで躱す。それにも限界があり、傷は増えるも、怯《ひる》まず踏ん張った。

正直、手強《てごわ》い相手だった。セルリアは人型でいるし、変身する時間すら隙《すき》になって命取りになりうる。素手な分、全力も出せずにやりづらかった。まして、いくら同族が嫌いでも、疎まれることはあっても、さすがに戦った経験はなくて戸惑う。

手足や顔に擦過傷を負いながら、間合いをはかった。そして、一族の言語で思いきって話しかけてみる。

「おまえは誰だ？」

「……」

しばし、黒豹との睨み合いがつづいた。やはり返事はないかと諦観《ていかん》しかけたとき、案外やわらかく響く声が淡々と返る。

「おまえに恨みを持ってる男だ」

「俺を知ってるのか？」

「我ら一族の中で、おまえを知らない者はいまい」

「そういう意味じゃない」

セルリアの意図をわかっていてはぐらかされ、苛立った。

吸血人豹一族の異端児たる自分が、同族内で忌避されているのは百も承知だ。しかし、恨まれるほどのことをした覚えはない。どちらかといえば、こちらの台詞だと言い返したいくらいだ。

従って、同じ問いを再度投げかけると、刺々《とげとげ》しい口調で言われる。

「人間ごときと慣れ合ったり、よりによって人間の男なんかを餌にしたり、〈色なし〉の行動は理解に苦しむ」

「……っ」

またしても、望む答えではなく強烈な誹《そし》りを受けた。〈色なし〉とは、セルリアを侮蔑《ぶべつ》的に呼ぶ異名だ。

子供の頃から、レン以外の仲間には、そう蔑《さげす》まれていた。

吸血人豹一族は本来、人型のときは茶髪金瞳である。豹型時は黄色地か漆黒地に梅花状の黒斑《くろふ》の毛色で、金色の双眸を持つ。片や、セルリアは人でいる際は銀髪銀瞳、豹の姿になっても、純白の被毛にアイスグレーの瞳《ひとみ》だ。

個体数の減少に歯止めがきかぬ中、異形の誕生は凶兆の徴《しるし》と看做された。

久々に聞いた屈辱的な渾名《あだな》に、気色ばむ。その傍ら、外出前にガレージで感じた気配は、彼のものだったのかと納得がいった。

先日のパーティで、千早とギメルからセルリアのにおいを嗅ぎ取り、ギメル邸を監視していたのだろう。

そこで、自分たちが出かけるのを見て、あとをつけてきたとしか思えない。そうでなければ、人間と慣れ合う云々は口にすまい。

千早が餌なのは、彼についている自分のにおいで簡単に識別できる。

広いAMERICA国内に複数の同族がいても、おかしくはなかった。ただ、千早とギメルのどちらかが本当に被害に遭うなんて、予想外だ。軽い脅しのつもりが現実になり、己の油断を悔いる。

だいいち、恨んでいる張本人を襲うのが本筋な気がした。

総じて反駁《はんばく》する間際、黒豹に先を越されてしまう。

「名乗ったところで、おまえにはわからないだろうが」

「御託はいらない」

「〈色なし〉の分際で、生意気な口をきく」

「さっさと名乗れ」

嘲笑《ちょうしょう》まじりの台詞を、挑発には乗らずに切り捨てた。途端、まるで憎しみがこもったような鋭い眼差しでセルリアを射抜きつつ、黒豹が言う。

「ラスターだ。ラスター・モニーク」

「！」

その名前を聞いて、セルリアは双眼を瞠った。よもや、こういう形で相見《あいまみ》えるとは思ってもみなかった相手ゆえに、凝然と立ち尽くす。
L.A.へ来る前に見たレンの夢は、これを暗示していたのかと思った。
ただし、セルリアの存在自体を厭《いと》うのはわかるが、怨讐《おんしゅう》の対象にされる心当たりはやはりない。なにせ、初対面なのだ。それにもかかわらず、会った途端に憎しみをぶつけられて、さしものセルリアも当惑した。

たしか、レンは彼と百五十歳くらい年齢差があると言っていた。

即ち、ラスターの年は、三百二十歳半ば程度のはずだ。というか、レンが語った人物像とのギャップに、かなり惑う。

まじめで温厚な性格と聞いていたのに、他の同族と同じく鼻持ちならない。

こんなやつが、本当に本物のラスターなのだろうか。半信半疑のセルリアが、疑わしげに確認する。

「レン・ウィンクルを知って…」

「おまえがその名を呼ぶな。レンが穢《けが》れる！」

「……っ」

これまでで最も激昂《げっこう》した彼に、烈火のごとく罵《のの》しられた。あまりの内容に、セルリアもカチンとくる。ラスター宛てに託されたレンからの言葉も、怒りで吹き飛んだ。

そんなセルリアをなおも睨みつけながら、彼がつづける。

「おれは、おまえだけは絶対に許さない」

「許すも許さないも、なにを言ってるかが、すでに意味不明だ」

「復讐の始まりだ」

「…あんたとは、どうも話が噛み合わないな」

「そいつは今回殺し損ねたが、次からはどんな手段を用いても全員を仕留める。おまえは最後だ」

「おい。どういう…」

物騒な宣言を訝った直後、ギメルの声と足音が近づいてきた。

どうやら痺《しび》れを切らし、車から降りて迎えにきたようだ。同時に、別の客が来る気配も双方が察知する。

しおどきとみてか、ラスターが『今日はひとまず引く』と告げて身を翻した。

大方、人目につかない樹上にでも、洋服を用意ずみと推察できる。

追跡したいが、セルリアも動揺と困惑が大きい。こんなはずではなかったのにと、しばし冷静になって唇を噛みしめた。

レンの最期の願いを叶えるためのハードルが、思いの外、高くて肩を落とす。

セルリアがレンに拾われて育てられたことを恨んでいるとすれば、お門違いだ。自分に言われたところで困るし、単なる逆恨みだろう。

意味深な言動が気にかかるも、重傷の千早を放っておくわけにはいかなかった。

ラスターが消えたあたりを眺め、自《おの》ずと厳しい顔つきになる。

千早のほうを振り返り、膝を折って首筋の動脈に手を当てた。息はある。一応、名前を呼んでみたものの、反応はない。

ラスターと一戦交えていた間に、気を失ったらしい。

多量の出血の影響か、血の気がかなり引いていた。薄手のウインドブレーカーを脱いだセルリアが、千早の背にかける。

痛々しい傷痕《きずあと》を隠す目的もだが、彼の特異な血液から周りを守るためだ。

ナイロン素材なので、浸透の懸念は最小限ですむ。傷になるべく触れぬよう痩身《そうしん》を抱き上げ、その場を離れた。

ちょうどやってきたギメルと、鉢合わせる。

「セルリア!?　千早も、なにがあったんだい？」

「説明はあとだ」

ふたりとも手負いの事態に驚くギメルへ、端的にそう述べた。肯《がえ》んじるも、気遣わしげに千早へ手を伸ばす行為にも、警告を発する。

「おまえらは、こいつに触るな。猛毒の血だぞ」

「…そうだったな」

「それと、俺が出てきた草叢に残ってる血痕《けっこん》を、どうにかできるか？　放っておくのはまずい。こいつの血なんだ」

「わかった。とりあえず、車に戻ろう」

地面に転がっていた千早の携帯用通信端末を、ギメルが見つけた。触るだけなら害はないと思うが、万が一に備える。仮に、傷があったり、その手を口へ持っていって体内に取り込んだ場合が危ないためだ。

ゆえに、携帯用通信端末も、ハンカチで包んで拾うようつけ加えた。

車へ戻り、千早を抱いたまま後部座席に座る。周は助手席へ移り、気が気でないふうに視線を送ってくる。

ギメルは、自身の部下に連絡中だ。セルリアが頼んだ後始末を、抜かりなく指図してくれている。

「平気?」

か細い声で、不意に周に訊ねられた。彼にも、今の千早との接触は禁じていた。

澄みきった黒い双眸を見返し、恬淡《てんたん》と答える。

「俺は、かすり傷だ。言う相手が違ってる」

「違ってないよ」

「おまえの目は節穴か」

「千早は、身体が傷んでる。でも」

「？」

「セルリアは、心が痛そう」

「……………」

いったいなにが視《み》えているのか、周が核心をついてきた。言葉に詰まったセルリアの髪を撫でてこようとした手を、嘆息ぎみに避ける。

常の拒絶も含め、ラスターとの対峙《たいじ》でセルリアへも千早の血がついたかもしれない。だから、自分にも触るなと忠告すると、すんなり受け入れられた。

しかし、なんでも見透かしそうな底知れぬ眼差しで見つめてこられて、居心地が悪い。悪意が全然ない分、余計にだ。焦慮がピークに達した頃、部下との会話を終えたギメルが割って入ってくる。

「周、詳細な事情は別荘に着いてから聞こう。それに、千早の手当ても早急にしないといけないしね」

「うん」

「では、大至急、行こうか」

自動走行でと思ったが、意外にもギメルは車の運転ができた。

クラシックカー蒐集《しゅうしゅう》が高じ、乗りたくて免許を取ったそうだ。ただし、教習所に通うのではなく、教官を呼びつけて自宅の庭での教習だったとか。

まさしく、超がつく大富豪かつ特権階級の彼らしい免許取得法だ。

別荘は、オアシスから約三十分の距離という。あと五分弱で着くところで、セルリアの腕の中にいる千早が小さく呻いた。

眉がひそめられ、身じろぎと共に震えた瞼がぽっかりと開く。

「ん……」

「気づいたか」

セルリアの声に、周が振り向いた。ギメルもルームミラー越しに、ちらりと視線を流して千早を見た。

現状が摑めないようで、彼が呆然《ぼうぜん》と双眼を瞬かせる。

怪訝そうにゆるりと、周辺を見回す。最後に、セルリアを認めて驚愕《きょうがく》の表情になった。

「なに、この姫抱き的な格好⁉ …って、いたたたたた！」

「怪我人が急に動くな」

「え。あ、そっか。僕、襲われたんだっけ」

背中の痛みで、自身に起こった事態を思い出したらしい。

どのくらい状況を覚えているか測る意図もあり、セルリアが問う。

「襲ってきたやつを見たか？」

「うん。黒い豹だったね。草陰から飛びかかってきたのを躱す暇もなく、いきなり、ぐっさりやられてびっくりしたよ」

「…そうか」

「セルリアが駆けつけてきてくれたのも、覚えてる。最初は、あそこのサファリパークで飼われてる豹かと思った。でも、きみと戦ってる最中に話してたのが聞こえて、吸血人豹一族なのかなって」

「……………」

「おぼろげな記憶だと、男性の声っぽかったね。あいにく、僕には理解不能な言語で、中身はわからなかったけど。そのうちに、流血しすぎで気が遠くなっちゃった。…あの黒豹さんが、パーティ会場にいた人なんだ？」

「……まあな」

話は聞かれてはいないが、ラスターをしっかり目撃したようだ。

色は違えど、普段、セルリアを間近に見ているせいで、豹と区別できたのだろう。せめて姿さえ見られていなければと、内心で嘆息する。

それなら、ラスターとの会話も、意識混濁による幻聴でごまかせた。

摑みどころがなくも、曲者《くせもの》の千早だ。頭の回転も悪くない。さらに突っ込んだ質疑が予想されて、嫌気がさす。

漏れかけた溜め息を呑み込んだセルリアに、彼が言った。

「ねえ、セルリアも怪我してる。大丈夫？」

「たいした傷じゃない」

「助けてくれて、ありがとう」

「別に」

「でも、残念だよ。せっかくの黒豹さんに触れなかった」

「……なに？」

「純白のきみも、神々しくて見事な毛並みだけどね。漆黒の彼も、すごくワイルドでかっこよかったのに」

「………」

千早の発言に、気にするのはそこかと、セルリアが呆気に取られる。

こんな目に遭わせた張本人を、撫でられなかったと無念がる神経を疑った。その無類の動物好き変態が顔を顰めて訴える。

「それにしても、背中が痛いな。そうだ。どうせなら、コアラみたいに正面からしがみついた体勢のほうが少しはましかも。セルリア、お願いできる？」

「…いっそ、いったん息絶えたほうが、しばらくは静かになってよかったか」

「いつもながら、ひどい言いようだなあ」

「言わせてるのは、おまえだ」

正気づいてけっこうだが、緊張感に欠けた発言にげんなりする。

周とギメルにも、懇ろにいたわられた千早は、笑顔で答えていた。

注文どおり、セルリアの腰を跨《また》いだ向き合った姿勢に座らせ直す。《食事》の最中なら
まだしも、なぜに男なんかをこんなふうに抱かねばならないのか。

嘆かわしいと胸裏で不平を漏らすセルリアの右肩口に、彼が顎を乗せた。体重もかけて
こられた際、深々と息をついた様子に気がつく。

軽口とは裏腹に、千早が相当の苦痛を堪えていると、思い至った。

周囲に過剰な心配をかけまいとの心情が窺えて、なんとも言い難い心境になる。

「馬鹿が」

「ん？」

くぐもった小声での呟きは、聞き逃された。

けだるげな横目で訊き返してきた彼へ、セルリアが無遠慮に告げる。

「どっちが、やせ我慢だ」

「セルリア?」

「本当は苦しいくせに、強がってるのは誰だ」

「…まあ、ちょっと。さすがに貧血かな」

「自分のことは棚上げで、俺に常々、よく偉そうな口が叩けたもんだな」

「そこを突かれると、なんともね」

弱々しい困り顔で微笑まれて、いちだんと苛々が激しくなった。

慰めの台詞をかけたいが、素直に表現できない。また、そんな想いを人間に抱く己にも焦燥は募った。

ラスターに指摘されたような、単なる慣れ合いとは断じて違う。では、自分にとって千早はなんだと訊かれれば、餌だ。けれど、ただの餌と断言もできぬ自覚もあって、悩ましかった。

行き場のない感情を持て余す。かといって、辛辣《しんらつ》な言葉を今の千早に浴びせるのも憚《はばか》られて、無難に押し黙った。

言い知れぬ情動が胸中で荒れ狂う。すべては、同族同士のいざこざに巻き込んでしまったせいだと、自身に言い聞かせた。

その後、ほどなく別荘に着到した。L.A.の邸よりは質素なつくりながら、ここもそれなりに広く立派だった。そこのリビングに案内されたあと、ギメルがキャンプ用具と思しきブルーのビニールシートをフローリングの床に敷いた。

「これなら、血の問題も気にしなくてすむ。手当てが終わったら、燃やせばいい」

「ありがとう、ギメル。助かるよ」

「どういたしまして。救急箱も持ってきた」

「なにからなにまで、ほんと、ごめんね」

「百合アレルギーの件では、周が世話になったからな。当然の恩返しだよ。そうでなくても、この程度はさせてもらうが」

ギメルの隣では、周が殊勝にうなずいている。ふたりは心底、千早を心配しているらしかった。

当の怪我人の指示に従い、セルリアが治療をする。

まずは、バスルームへ千早を連れていった。手袋を取り、無残に破けて血で変色したシャツをハサミで切って脱がせ、シャワーで傷口と血を洗い流す。

下半身の衣服は、彼が自ら着替えた。それから、リビングのブルーシート上に移り、本格的な処置を施す。

千早は右肩から左腰にかけて、背中をざっくり引っかかれていた。ただ、思ったほど傷は深くなく、大事には至らずにすんだ。

彼が携行してきた常備薬が、またも役に立った。

丁寧に消毒し、大判のガーゼに千早特製の切り傷に効く軟膏《なんこう》を塗って傷口に当て、包帯を巻いた。

「どうも。きみも、この薬を使ってね」

「…ああ」

「僕にできることがあれば、言って？」

「いいから、おまえは休んでろ」

「はいはい」

下肢のみ着衣だった千早が、鈍い動きで新しいシャツを羽織る。

セルリアがブルーシートをたたみ、室内の隅に置いた。次いで、シャワーを浴びにいき、着替えて己の手当てをすませる。

リビングへ戻ると、中央にあるコの字型ソファに全員がそろっていた。話を聞こうと待ちかまえていたのだろう。

背中の怪我の都合上、千早は背もたれに寄りかかれない。だから、クッションを胸元に抱いて、奥の一辺に俯せの姿勢だ。

　ギメルと周は両サイドの片側へ、並んで座っている。

「ちゃんと、手当てはできた？」

「当たり前だ」

「そっか。じゃあ、セルリアも座って」

「……」

　仕切る千早が忌々しくも、包帯が目に入った。大きな借りをつくったようで、唸りたくなる。

　まったく気も進まないものの、仕方がなかった。同族の仕業とばれていては、このまま黙ってもいられない。

　直接的な被害者にのみ事情説明は限りたいが、彼へ話せば確実に周は見抜く。ギメルへも筒抜けだ。だったら、まとめてすませたほうがいい。

　ほかの人間なら、殺せば片がつく。けれど、彼らはそういった手合いとは異なる存在に、不覚にもなっていた。

　これまで過ごした時間で、それは実証されている。

　煩わしさと、満更でもない相反する感情に苛《さいな》まれた。無表情の裏で葛藤《かっとう》しながら、セルリアが余った場所へ腰かける。

案の定、千早が要点をきっちり押さえた質問をしてくる。

「あの黒豹さんは、吸血目的で僕を襲ったわけじゃなさそうだね？」

「……」

吸血人豹一族は基本、正体を知られたときのみ、人間を殺す。

だいたい、失血死させるほど大量の血も奪わぬ上、大抵は記憶操作で乗りきれると以前に聞いた。人間の同性を餌に選ぶのも、稀だ。そもそも、件の黒豹には明確な殺意があったと言い重ねられる。

やはり、抜け目がない男だと肩をすくめた。セルリアが仔細《しさい》を知らぬはずはないと確信した口ぶりだ。

ラスターと遭遇直後に比べ、セルリアも落ち着いた。

話の構成を、脳内で整理する。よもや、人間に己の境遇を話す日がくるなんてと苦笑して、重い口を開く。

「俺に恨みがあるらしいから、そのとばっちりだ」

「あれ？　だけど、顔見知りじゃないんだよね⁉」

「俺はな。向こうは、違った」

「つまり、あちらもこの前のパーティで、既知のきみのにおいに勘づいたわけだ。それで、ギメルと僕に目をつけて、今日も尾行してきたと」

セルリアと寸分違わぬ憶測を受け、首肯した。ついでに、一族における自分の位置づけも補塡《ほてん》する。

「まあ、仲間内で俺を知らないやつはいないが」

「へえ。セルリアって、吸血人豹一族では有名人なんだ」

「一族の不吉な兆し、災いの象徴だからな」

「え」

「だから、生まれてすぐに実の親にも捨てられた。今回みたいに、進んで俺にかかわってくる同族は珍しい。大概は、無視されるんだがな」

「……っ」

厳然たる事実である返答に、三人ともが絶句した。しばらく経って立ち直った千早が、複雑そうな表情で控えめに訊ねてくる。

「…仲間の扱いは、きみがアルビノなせい？」

「そうだ」

「たった、それだけの理由で？」

「おまえが前に訊いてた、豹型時の俺たちの主流の地色は、黄色か黒色だ。黒すら、元来の豹の黒色変種と言われてて、黄色地よりは数が少ない。一族にすれば、そこへきての白豹誕生は凶変でしかないんだろ」

「そんな…」

連綿とつづいてきた吸血人豹一族の歴史上、未曾有《みぞう》の異変だ。なにか凶事が起こる前触れではと恐れ、仲間の総意で白い幼子を葬ると決めた。

しかし、実際はレンに拾われ、養育された。

そのレンの見解によれば、セルリアは正確にはアルビノではないとか。もしそうであれば、必ず目になんらかの異常が出て、太陽光にも弱いからだ。

種族的に頑強な肉体なのを差し引いても、セルリアの視覚は正常だった。紫外線への免疫も、普通にある。よって、同じ突然変異でも、アルビノとは異なる白変種と呼ばれる遺伝形質だろうと分析していた。

元々、変わり者で名を馳《は》せるレンの言動に、同族らは異論を唱えた。それでも、彼は耳を貸さなかったという。

個体数の激減を嘆いておいて、せっかく生まれた命を失くすなど不合理と、長老たちに持論を交えて歯向かったらしい。

「レンさんの言うとおりだよ。素敵な人だね」

「まさに、正論だな」

義憤に駆られたような千早とギメルが、レンへ賛同した。周は、セルリアの当時の惨状が断片的にでも視えるのか、泣きそうな顔つきだ。

同情を買うつもりなど、微塵もなかった。過去と現状を端的に述べただけなので、なんとも調子が狂う。

脚を組み替えた直後、千早にレンの現況を問われた。

あれから、まだ少ししか時間は流れていない。少なくとも、己にとってはと思うセルリアが平淡に返す。

「死んだ」

「……いつ？」

「四年前」

「そっか…」

享年、四百七十八歳だった。亡くなるふた月ほど前に、レンは床へ就いた。

一族の医師は、体力と内臓の衰えと診立てた。

五百歳を超える者が出てきたにせよ、平均寿命といえる。彼自身、楽しい人生が過ごせたと笑っていた。充分に天寿を全うしたとも言い、セルリアが見守る中、自宅で眠るように息を引き取った。

そんなレンの唯一の心残りが、ラスターの存在だ。

昨年、偶然会ったモカラや、ほかの同族に関することは聞き流して覚えていない。だが、ラスターについては、レンが繰り返し言っていたのと、彼らの関係性もあって、さすがに捨て置けなかった。

ラスターは十歳の頃、飛行機事故で両親を一度に喪《うしな》った。

孤児になった彼を、父親の親友だった縁でレンがあずかった。後見人となり、十八歳まで八年間を共に暮らしたそうだ。

「じゃあ、レンさん的には、セルリアは二回目の子育てだったんだね」

「いや。俺が初回だ」

「え？　でも…」

訝しげに首をかしげた千早に、セルリアが苦く笑う。

人間の感覚でいくと、十歳は子供なのだ。しかし、一族では一人前と扱われる。外見も、すでに成熟している。ただ、精神面における鍛錬を積むのに数年かかる。

個体差によるが、概ね三年ないし八年ほどで、親許《おやもと》を離れる。

セルリアはレンのたっての願いで、二十歳《はたち》を過ぎても彼と住んでいた。そろそろ自立をと考えた矢先、レンが体調を崩した。

今、思えば、自らの死期が近いと悟っていたのかもしれない。

たしか、その頃からラスターのことも、それまで以上に話し始めた。

鷹揚《おうよう》な性格で博識なレンを、ラスターは兄のように慕っていたとか。レンも、亡き友の忘れ形見を慈しんだ。

無論、彼なりの可愛《かわい》がり方なので、一般的とは言い難い。

大雑把すぎるレンは、ラスターの生計手段を気に留めていなかった。セルリアが何度か職業を訊いたが、要領をえない有様だ。

独立後も、時折、顔を見せにきてくれるだけで満足だったらしい。元気でさえいてくれたらいいとの独自思考である。

セルリアが定職に就かず、短期間で仕事を替わっても叱責《しっせき》された記憶はない。かえって、好きなことをして、後悔せぬ人生を送れと勧められた。たぶん、ラスターへもその方針を用いたのだろう。

しかし、レンがセルリアを育て始めたのを機に、事態は激変した。

同族から事情を聞いたラスターは、レンのもとを訪れて、思い留《とど》まるべく必死に説いた。

「いくら遠縁で、目も開いてない乳飲み子だから放っておけないって言っても、こいつは不吉な前兆なのに」

「育ててみないと、真否は不明だろう。早計だな」

「屁《へ》理屈をこねてる場合じゃない」

「正当な主張だ。長老たちの意見は、非論理的すぎる。今は二十四世紀だってのに」

「そういう問題でもない」

「じゃあ、どういう問題なんだ」

「それは……」

「この子だって、好きで皆と違う色で生まれてきたわけじゃないのにさ」

「でも、本当になにかあってからじゃ、取り返しがつかないんだぞ」

「なにもないかもしれないだろ？　というか、絶対になにもないって。だから、おれとラスとセルリアで……あ。ちびの名前は、セルリア・ブランってつけたんだ。三人で仲良くやっていこう」

「レン！」

　ラスターのどんな説得にも、レンは応じなかった。ゆえに、ふたりは最終的に絶縁状態になったという。

一族の決定に背いたレンの行動が、ラスターには理解不能だった。とはいえ、レンを本気で見限りはしない。

慕っているからこそ、考え直して一族の方針に準じてくれと訴えた。その上で、冷却期間を置くといって出ていったそうだ。

このときに、ラスターはセルリアと会ったので、においを覚えていたに違いない。逆に、セルリアは幼すぎて、ラスターの個体認識はできなかった。

しかも、初の子育てで張りきったレンが、乳児がいるからと毎日、家中をアルコール消毒する勢いで掃除した。このせいで、家に残っていたラスターのにおいは物心がつく前に消えてしまった。

加えて、ラスターは自活時に、自分のものは全部持ち出した。レンがセルリアを拾うまでの帰省時の土産《みやげ》も食品で、彼の痕跡はどこにもない顛末だ。

セルリアがレンと暮らしていた間、ラスターの訪れは皆無だった。

そして、再会を果たさぬうちに、レンはこの世を去った。

「ふたりは、和解できないまま？」

「結果的にそうなったが、レンに落ち度はない。俺の存在が疎ましかろうと会いにくればよかったものを、一方的に意地を張りつづけたラスターの自業自得だ」

「…だよね」

初対面で罵倒《ばとう》されたセルリアの、ラスターへの印象は最悪だ。

好意的とまではいかずとも、他の同族よりは話せる相手と思っていた分、失望も深い。しかも、己の意に沿わぬ事態を招いた元凶とばかりに、八つ当たりする始末だ。セルリアとかかわる者へも、当たり散らす迷惑さときている。

それなりに年齢を重ねておいて、老害かと呆れた。しかし、レンの遺言を伝えぬわけにはいかず、頭が痛い。

セルリアが無意識に溜め息をついた直後、周がふと言う。

「でも、セルリア、ちゃんと捜してた」

「っ……！」

「周くん？」

周の言葉にぎくりとしたセルリアをよそに、千早が確かめた。止めるより一足早く、真実が暴露される。

欧州限定ながら、名前とレンに聞いた容貌を頼りに、行く先々でラスターの捜索を試みていたことをだ。

周を睨むも、千早とギメルを含めた優しい眼差しが返ってくる。

ばつの悪さに、セルリアは視線を逸らす。ついには立ち上がり、別荘内の探索を名目にリビングを出た。その際、ラスターの不始末を早口で千早に詫《わ》びる。

ついでに、ギメルと周にも、身辺の警戒を怠るなと再度促した。


ARIZONAの別荘で一週間過ごし、千早たちはL.A.に戻った。

同族の不祥事に、セルリアは責任を感じたらしい。サファリパークで襲われて以降、仕事でもないのに千早の護衛についた。本意ならずも、ラスターがあのままで終わらせる気がないのは明白との思惟《しい》に基づく。

とりあえず、片がつくまで無期限と聞いて驚いた。

「きみの負担が尋常じゃないよ？」

「仕方ないだろ。非常事態だ」

「そうなんだけどね」

「標的が俺限定なら、話は簡単だが」

ラスターは、千早とギメルと周の襲撃も予告したという。ゆえに、セルリアの餌たる自分が、ほかのふたりより危険度が高いと判じた結果だ。

ギメルと周は、実質的に警護がついているせいもある。別々だった部屋も、同室を申し出られた。それで気がすむのならと、受け入れる。広い居室なので、長軀との同居もさほど窮屈感はなかった。

持ち込まれたベッドで、彼は寝起きを始めた。完全に、普段の仕事モードと同等の仕様になっている。

あれ以来、セルリアはもの思いに耽《ふけ》る頻度が増えた。

仮に、悩みを訊いても答えてくれないとわかっていた。だから、千早はあえて気づかないふりでやり過ごす。

なりゆきで知った彼の身上は、過酷だった。成長過程も、少し聞きかじった。

詳しくは突っ込まなかったが、不可抗力で同種族にすら指弾され、辛酸を嘗《な》めてきたと想像がついた。

抜き身の刃《やいば》めいたクールな気質の由来は、生い立ちに起因するのだ。

昨年、セルリアが精神的にひどく参っていたことを思い出す。あれも、もしかしたら、一族絡みでなにかあったのかもしれない。

仲間がいるのに、異質な存在ゆえに孤立を強いられる。

千早自身と重なる環境が身につまされ、共感も覚えた。人生の長さに差異はあれど、味わってきた苦しみは一緒だ。

傷を舐め合うつもりは、毛頭ない。けれど、似た経験をしてきた自分なら、その気持ちが理解できる。

千早の過去を知り、セルリアも同様の想いを共有した。だから、あの言葉を言ってくれたと思うのは、都合がよすぎる考えだろうか。

今度、その話についてねだってみよう。渋られても、かまわない。

そんな些細な野望を抱き、別荘での休養も含めて、ギメル邸でも二日ほど安静にしていると、千早の背中の傷はほとんど治った。

もうすっかり、なんの支障もなく歩き回れる。セルリアのほうは、とうに完治ずみだ。

こういうときは、通常の人間よりも回復力が早い体質は助かる。

今日は、午後から足慣らしに庭の散策でもするかと考える。その前に、三時のおやつを食べるべくダイニングに向かった。当然、護衛中のセルリアもついてくる。

階段を下りた先で、周を見つけた。なぜか、張り詰めた表情を浮かべて、玄関先をうろついている。

千早とセルリアの姿すら、目に入らない様子だ。

不思議に思いつつも、驚かせぬよう千早が声をかける。

「周くん、どうしたの？」

「あ……」

「ギメルは、出かけてるんだよね」

「……うん」

今回のAMERICA訪問のメインになる仕事だとか。これさえ終われば、晴れて自由の身になり、休暇へ突入できるという。

通常は大型の通信画面越しでの商談ながら、商談相手が出張でL.A.を訪れているらしく、直接会う運びになったそうだ。大事な取引先とあり、珍しくギメル自らが先方の会社に赴くと今朝、言っていた。

「もうすぐ、帰ってくるのかな」

「……ううん」

「違うんだ。じゃあ、ここでなにしてるの？」

「……っ」

千早の問いかけに、曖昧にかぶりが振られる。

うまく説明できないといった、もどかしげな眼差しと視線が合った。緊張を孕《はら》んだ硬い面持ちがいたわしく、周もお茶に誘おうとした間際だ。

執事が慌てた様相でやってきて、重々しく告げる。

「周さま。ギメルさまが事故に遭われたと、只今《ただいま》、知らせが参りました」

「！」

「周くんっ」

一報を聞いた直後、周が声なき悲鳴をあげて、その場に頽れた。反射神経に長《た》けたセルリアが手を伸べ、難なく彼を抱きとめる。

それを横目で見て、千早がかわりに訊ねた。

「詳細な状況はわかっていますか？」

「いえ。わたくしが伺ったのは、車で帰宅中に事故に遭われたとだけ。現在、ギメルさまは病院に向かわれているとのことでございます」

「ギメル本人から、連絡はないんですね？」

「左様です。ボディガードの方が知らせてくださいました」

「そうですか…」

いくら家政を任されているとはいえ、主人の許可なく執事が能動的には振る舞えまい。

代行者となりうる周は今、半ば放心状態だ。ならばと、千早が自分の携帯用通信端末をジャケットの胸ポケットから取り出した。

　容態が明らかでない以上、通話は控える。安否確認のメールを打って送信し、返事がくるまでリビングでの待機となった。

　覚束《おぼつか》ない足取りの周を、セルリアと両脇から支えてソファに横たわらせる。

　返信をじりじりと待つ間、セルリアが低く呟く。

「ラスターの仕業か」

「可能性は否定しないけど、まだそうと決まったわけじゃないよ」

「……」

「普通の交通事故かもしれないし」

　千早の回答へも、彼は険しい表情で腕を組み、黙り込んだままだ。

　もし、本当にラスターが関与していたとすれば、セルリアの苦悩は計り知れない。彼の身体はひとつしかなく、ターゲットは三人だ。自分たちをひとりで守りきるのは、困難を極める。

　常に行動を共にするわけにもいかず、ラスターは神出鬼没である。

　個体情報を得た今、いっそ彼のほうから突撃したいはずだった。しかし、その隙を狙い、千早らの誰かを襲われる危険性もあり、そばを離れられない。その両者によるジレンマに陥っているのだ。

　やがて、静寂を破って携帯用通信端末が鳴った。長く待ったように感じられたが、一時間弱しか経っていない。

　メールと思いきや、通話機能の着信音だった。見れば、ギメルからで、慌てて画面を指で操作した。

「もしもし。ギメル、大丈夫⁉」

「やあ、千早。心配をかけてすまない。怪我ひとつなく元気だよ」

たしかに、いつもどおりの落ち着き払った声だ。予期された最悪の事態ではなかったらしいと、胸を撫で下ろす。

「よかった。今、病院にいるのかな」

「いや。そちらでの用件は終えた。あと二十分ほどで、自宅に着く」

「そうなんだ？」

「ああ。もっと早くに連絡を入れたかったんだが、診察と警察の事情聴取に時間がかかってね。…周はどうしてる？」

「知らせを受けて、ショックで倒れてるよ」

「そうか。私が戻るまで、もう少し周をよろしく頼む」

「きみの声を聴かせてあげたほうがよくない？」

「おそらく、私を直に見ないと、だめだろうから」

「なるほどね。じゃあ、気をつけて」

「ありがとう。すぐに帰るとだけ、伝えてくれるかい？」

「了解」

通話を切った千早が早速、周にギメルの無事を報告する。

現実から遠のいたような色を湛えた彼の双眸へ、徐々に光が宿り始めた。ゆったりと瞬《まばた》きが数回なされ、千早の視線と焦点が合う。

「あとちょっとしたら、ギメルに会えるよ」

「……うん」

「周くん。さっき玄関で、このことを僕に言いたかったんだね」

再び、小さくうなずかれた。漠然とした不安しか捉えられなくも、ギメルになにかよくないことが起きる。その予感に怯《おび》えて、いても立ってもいられなかったとか。

もしや、朝の外出時点で、周はそれを察知していたのかもしれない。

ほどなく帰宅したギメルに訊くと、思ったとおりだった。

出かける際、周はいつになく渋った。本来なら、難色を示された事柄はしない主義のギメルだが、今日はどうあっても出向かざるをえなかった。苦肉の策で、護衛の増員で周を安心させて邸を出たという。

しかし、周の予知は的中してしまった。

帰る途中に、事件は起こったらしかった。赤信号で停車中、対向車線を走ってきたバイクの乗り手が、すれ違いざまに火炎瓶か爆弾のようなものを投げつけてきた。

車体は一瞬で炎に包まれ、バイクは猛スピードで走り去ったそうだ。

「犯人の顔と、ナンバープレートの特定は？」

セルリアが簡潔に訊ねた。しがみついて離れない周を、ソファに座って抱きしめ返しつつ、ギメルが答える。

「フルフェースのヘルメットを被っていたから、犯人の顔は視認できなかったな。バイクのナンバーは見えたが、警察によれば盗難されたものだったよ。つまり、今のところ手がかりはなしだ」

「計画的な犯行ではある」

「まあな。前後のボディガードの車じゃなく、迷わず、私が乗った車を目がけて投じてきた。ターゲットが私なのは確実だ」

セルリアの指摘に、ギメルはあっさりうなずいた。

当然、事故現場の周辺は騒然となった。けれど、ギメルが乗る車は、そこらの自家用車とはわけが違う。

一見普通だが、実は国家元首専用及び、装甲車並みの強度を誇る特別仕様だ。従って、車内にいた人間は爆破の衝撃も少なく、炎上の影響もなかった。

ただし、通行人の通報で警察と緊急両車が来た。護衛の勧めもあり、病院へ検査を受けにいったとの経緯だ。

現在も、警察は引きつづき捜査を行っている。なにかわかり次第、連絡がくる手筈《てはず》だという。

「セルリアと千早ほどではないにせよ、自慢じゃないが、私もいろんな人間に目をつけられてる身でね。様々な方法でしかけられてくる」

「ほんと、自慢にならないよ。そんなの」

「事実だからな。未遂を含めた過去の例を挙げたら、きりがない」

「因果な人生だねえ」

「お互いさまだろう。私は、けっこう楽しんでるが」

さして気にしたふうもなく、ギメルが飄然《ひょうぜん》と告げた。

彼の家柄や立場、資産を考えれば、さもありなんだ。それゆえの護衛であり、勤務中は鉄壁の防御力を備えた車での移動が標準なのだろう。周も同類である。

ついでに、今の発言にセルリアへの配慮も含まれていると察した。

ラスターのかかわりのみを疑わずともいい。よくあることだと言外ににおわされた気遣いを、セルリアも読み取ったようだ。

まるで気休めは不要とでも言いたげに、小さく舌打ちする。

氷点下の皮肉口撃も炸裂《さくれつ》かと思うも、嘆息に留まった。

ほんの微細でも、丸くなったと内心で笑いながら、千早がつけ加える。

「まあ、とりあえずは無事でなによりだよ」

「ああ。仕事は片づいたしな。残りの滞在中、外出予定も別段ない」

「今後、周くんの助言には例外なく、どんなときも服従ね」

「固く肝に銘じよう。…周、約束するよ。今日は悪かった」

「…ん」

ギメルの肩口に片頬を埋めたまま、周が微かに顎を引いた。

その日以降は、平穏な日々がつづいた。邸の敷地内からは出ず、部屋で本を読んだり、邸内のシアタールームで映画を観たり、プールで泳いだり、ジムで汗を流した。

ビリヤードやダーツなどの娯楽設備も充実していて、けっこう楽しめた。

しかし、十日も経つと、そんな生活にも飽きてくる。

「さすがに、外が恋しくなってきたね」

朝食後、部屋に戻って呟いた千早を、セルリアが白眼視する。折り込みずみの反応ゆえに受け流し、なおもつけ足す。

「どこか、散歩に行きたいな」

「冗談も大概にしろ」

「本気なんだけど。あんまり遠くなくて、いいんだよね」

「馬鹿は黙れ」

周、千早、ギメルの順で、なんらかの不幸に見舞われている只中である。

周はマリーの嫌がらせ、ギメルの事件は犯人不明だが、千早はラスターの作為なのが明白なのだ。殺害予告もされている。この状況で、よくそういう気になれるなと、これ見よがしに溜め息をつかれた。

油断は禁物と睨まれるも、満面の笑顔を返す。

「昨夜、調べたんだ。このあたりだと、フォレストパークっていう公園が広くて、きれいで、芝生への立ち入りも自由で、お勧めなんだって」

「現状を考えろ」

目的地を聞いたセルリアが、いちだんと渋面になった。

おそらく、この邸近辺の地理を把握ずみの彼だ。フォレストパークに行く最短ルートも、瞬時に思いついたのだろう。

そこへ向かうには、徒歩と地下鉄《レール》だ。NIPPONでさえ、かつての安全神話はすでに崩壊してひさしいが、AMERICAはその比ではない。そして、特にレール内は、危険な目に遭いやすかった。

猛反論を食らう直前、千早が先手を打つ。

「往復の移動時間を除いて、十分でいいよ。日光浴に行かない？」

「却下だ」

「あのね、大人気スポットらしく人が多くて、開けた場所なのもポイントかな」

「おまえ…」

ラスターが身をひそめられるところはなさそうだと、婉曲《えんきょく》的に述べた。フォレストパークへの道中も、人目は充分ある。
L.A.はリゾート地とあり、地元の人間以外に観光客も数多いるのだ。そのため、レールは危ない事件への遭遇率が高いにもかかわらず、乗客は少なくないという。
ラスターとて、衆目の中では迂闊に手出しできるまい。

それに、今はセルリアが彼のにおいを認識ずみだ。万が一、会ったとしても、動く密室の自動車でなく、徒歩とレールなら、いち早く気づける。

そういうことも全部包括し、無謀な提案とは違うと訴えた。

「お願い。せっかく、L.A.に来てるんだしさ。閉じこもってばかりじゃ、もったいないと思わない？」

「……」

「公園の散策は、五分でもいいから。ね？」

「…ったく」

呆れ返ったふうに、盛大に顔を顰められた。千早を一秒でも早く黙らせたいといった気配を漂わせて、尖った声が言う。

「気色悪い上目遣いをする暇があったら、出かける準備をしろ」

「ありがとう。セルリア」

悪態をつかれたが、承諾が下りた。なんだかんだと文句をつけつつもついてきてくれるセルリアに笑みをこぼす千早へ、釘《くぎ》がさされる。

「ただし、なにかあっても俺は知らん」

「うん。最悪、僕の死体を持ち帰ってくれたら、ＯＫ」

「断る。そんなものを持ってたら、即刻不審者扱いされたあげく通報されて、一発で捕まるだろうが」

「じゃあ、その際はマネキン設定で切りぬけてくれる？」

「通用しない非現実的な案を出すな」

「わかった。超現実的に、ギメルの権力をフル活用する方向で」

「…おまえと話すと、脳が激しく疲れる」

「僕的には、心温まるコミュニケーションの一環なんだけど」

「ほざけ」

打てば響く応酬を経て、各々が外出の支度を整えた。

セルリアは黒の半袖カットソーにスモークブルーのベスト、チャコールグレイの細身のパンツとスニーカーといったいでたちだ。サングラスや指輪やブレスレット、プラチナカラーのイヤーカフ等の小物類も隙なく決まっている。

千早は生成色のロングTシャツをインナーに、サンドベージュの薄手のジャケット、オリーブグリーンのチノパンを合わせた。定番の手袋もはめた。

ギメルに言おうとしたが、周と映画鑑賞中らしく、使用人に伝言を頼む。

邸を一歩出た瞬間から、セルリアの警戒態勢は尋常ではなかった。不機嫌と紙一重のピリピリムードが凄まじい。

周辺に最大限の意識を向けているのか、口数も減った。

「ラスターさんの、においがする？」

「…いや」

「そっか」

ギメル邸がある高級住宅街を抜け、少し歩いてレールの駅に着いた。

料金精算機で、フォレストパークの最寄り駅まで三駅分の運賃を支払う。その印に、手の甲に駅の刻印が浮かび上がる。改札の出入りの際に翳《かざ》すが、二十四時間後には消える仕組みだ。

改札口を通り、地下のホームに下りていく。さほど待たず、十二両編成の電車がやってきた。

正午前という中途半端な時間帯だからか、思ったほど混んでいない。ただ、シートは全席埋まっていた。

前から五両目に乗車し、ドア付近に立つ。千早の右隣にセルリアも寄り添った。

ドアが閉まり、電車が発車して間もなく、千早は背中へ硬い感触を覚えた。ハッとした直後、耳元で男の声が呟く。

「金を出せ。さっさとしないと、撃つぞ」

「……っ」

　こともあろうに、強盗である。ほかにいくらでも人はいるのに、よりによってなぜ自分を選ぶのだと嘆きたくなった。

　ごり押しで外出につきあってもらったセルリアに、申し訳ない。そう思う傍ら、つきつけられた拳銃に千早がホールドアップする寸前だった。

　セルリアの強烈なエルボーが、強盗犯の脇腹へ炸裂した。

　相変わらず、容赦の欠片《かけら》もない鮮やかな先制急所攻撃だ。

「んあ～？」

　間抜けた声で呻いてよろけた男は、まだ若かった。二十歳前後くらいか。その間に、千早はセルリアの背後へ庇われる。

　先の肘鉄《ひじてつ》で肋骨《ろっこつ》が折れたような音が聞こえたが、若者に痛がる素振りはない。

　注意深く観察すれば、正気とは言い難い目つきと表情に気づいた。

「うわあ。目がいっちゃってるよ」

　ぼやきつつ、違法薬物の常用者かと疑う。もしくは、現在、全世界で流行《はや》っていて、脳への有害性を識者から懸念されているFOOOP《フープ》という進化形ヴァーチャルゲームのヘビーユーザーか。

後者が社会的問題に取り上げられたのは、比較的最近である。トランス状態に陥って、自他害を含め、異常行動を取るケースが多発しているためだ。

どちらも感覚がほぼ麻痺《まひ》状態になり、痛覚も鈍るという。しかも、妄想や幻聴などの症状も現れ、極めて暴力的になるのが共通の特徴と聞く。

無論、別の要素による可能性もなくはなかった。

考えを巡らせる千早に、セルリアが苛立たしげに吐き捨てる。

「だから、俺は嫌だったんだ」

「…はい。全面的に僕のわがままが原因です。すみません」

「ちくしょう。ぶっ放してやる！」

非を認めて謝った言葉に被せて、男が喚《わめ》いた。ぎょっとして見ると、拳銃の安全装置を外し、引き金に指をかけて銃口をこちらへ向けている。

「うっそ。こんなところで本気で撃つ気!?」

「頭が完璧《かんぺき》いってる野郎に、常識が通じるか」

「そうだけどね」

「伏せろ」

「……っ」

標的をセルリアに変えた男が、躊躇《ちゅうちょ》なく発砲した。

千早を後ろ手に守る格好で、彼が長身を屈《かが》める。運よく照準が定まっておらず、誰もいない床へ着弾する。

しかし、突然の銃声に同じ車両へ乗り合わせていた他の乗客は驚愕した。動揺もあらわに雪崩《なだれ》を打って、我先にと隣の車両へ逃げていく。

当の男は、撃った衝撃で足下をふらつかせていた。

ひょろりと痩《や》せた体格に見合わぬ、大きな口径のせいだろう。あるいは、拳銃の扱いに不慣れかだ。

もし、素人だとすれば、どこへ弾丸が飛ぶか予測不能で、むしろ恐ろしい。

男がもたつくうちに、車両には三人だけが残された。

視線を暴漢から逸らさず、セルリアが早口で千早に告げる。

「おまえも、行け」

言いながら、彼が腰のベルトに差していたホルスターから黒い棒状のものを取り出した。

それは、三段式に折りたたまれたロックバトンという護身用の武器だ。その得物が、ひと振りで一メートル弱の長さに伸びた。

闘志を漲《みなぎ》らせた戦闘モードのセルリアに、千早が答える。防犯カメラを意識し、抑えたトーンになった。

「ううん。ちょっと離れた場所にいるよ」

「邪魔だ」

「わかってる。けどさ、僕が監督しとかないと、きみ、彼を病院じゃなくて、あの世にさくっと送っちゃうでしょう」

「悪いか」

「悪いね。たとえ相手がおかしくても、目撃者が大勢いるところで殺《や》るのはまずいよ。ネットワークカメラもあるし」

「また、それか…」

「後々、なにかと面倒になるから。できれば、息がある状態で動けない程度に痛めつけるくらいが理想かな。あと、次の駅までがタイムリミット。駆けつけてきた鉄道関係者とか警察に、事情を訊かれる前に降りたほうがよさそうだし」

「難しい注文ばかりつけやがる」

「だけど、セルリアなら、できるよね？」

「………」

嫌そうな顔をされるも、否やは返らなかった。幸い、セルリアは色の濃いサングラスで顔の約半分が覆われている。

昨今の映像解析技術は優秀なので面が割れても、こちらはあくまで被害者だ。

仮に、身元を突きとめられたら、悪いがギメルの協力を仰ごう。

千早が思考する間に、ロックバトンを右手に持った彼が男と向き合った。すでに意味をなさないことを口走っていた男が、態勢を立て直すなり、拳銃を乱射し始める。

壁や天井など、至る箇所に穴が開く。いくつかの明かりが消え、残った照明が照らす車内は薄暗くなった。

乗客は隣どころか、さらにその隣の車両まで避難していた。

次の瞬間、セルリアが唐突に足を踏み出す。千早がいるほうへ撃たれるのを、防ごうと思ったに違いない。

数歩の助走で弾みをつけ、網棚の鉄棒に左手で摑まった。その勢いを借り、座席を踏み台に窓を蹴って反対側へ立ち位置を変える。

男の拳銃は、弾丸の装塡《そうてん》がいらない連射可能なタイプのようだ。セルリアの動きに合わせて向きを転じ、銃弾を浴びせかける。文字どおり、下手な鉄砲も数撃てば当たるの典型例である。

「セルリア！」

「そこで、じっとしてろ」

「……了解」

一瞥もくれずに指示されて、おとなしく従う。

千早が見ている限り、彼の頬や腕を何発も凶弾がかすめた。

致命傷になりかねぬ部位へ被弾しないか気がかりなのは、三宅による悪夢が脳裏をよぎるせいだ。

不死かどうか定かでない以上、いっそう心配になる。けれど、鉛玉が降り注ぐのをものともせず、セルリアは男の至近距離へ突っ込んでいった。

ロックバトンは、接近戦で威力を発揮する武器だ。

男が引き金を引く暇すら与えぬ早さで、凶器を持った手をまずは強打した。

「うあ…っ」

痛覚が鈍感になっているとはいえ、無痛なわけではないらしい。

痛烈な打撃だったとみえて、男が拳銃を取り落とす。すかさず、セルリアがそれを遠くに蹴り飛ばし、銃撃を封じ込めた。

そうなれば、あとはセルリアの独壇場といえる。

ロックバトンの柄部分で、こめかみや鼻を殴った。衝撃で鼻骨が陥没し、鼻血で顔中が悲惨な状況になっている。泣き叫ぶ相手にかまわず、つづけて、のどや鳩尾《みぞおち》、脛《すね》などの弱点を的確に連打していく。

片手で顔面を覆って防御姿勢を取る男も、反抗をやめなかった。しかし、ことごとくが空振りに終わる。

総合的に、誰が見ても、力量の差は歴然だった。

レールがカーブにさしかかり、揺れる車内でもセルリアは足下すら乱さない。俊敏で無駄がなく、なめらかな動きで次々と攻撃をしかける。

片や、男は遠心力でふらつく体《てい》で、反撃とも呼べぬしろものだ。

やがて、車両の端にいたふたりが、揉《も》み合いながら中央あたりへ移った。

セルリア得意の足技も時折、不意を突いて繰り出される。そのつど、男は壁に叩きつけられたり、床に這いつくばっていた。

高度な要求と愚痴っておいて、全力を出さずにこうなのだからすごい。

「う…っぐ」

さしもの強盗犯も、徹底的に打ちのめされて、よろよろと後ずさった。荒い呼吸で肩を上下させ、背中でドアに寄りかかる。

すっかり戦意を失ったようだが、セルリアの信条は完膚なきまでだ。

涼しげな顔のまま、一歩で男へ詰め寄った。

ロックバトンをたたみ、腰のホルスターに戻す。最後の仕上げに気絶させるべく、組んだ両手を振り上げた。

項垂れた男のうなじに、それを思いきり振り下ろす間際、男が奇声を放つ。

「ぅわあああぁっ」

「！」

「……っ」

一瞬の隙をついた出来事に、千早は息を呑んだ。

隠し持っていたサバイバルナイフを、男がセルリアの胸に突き立てたのだ。

最後の力を振り絞った、予期せぬ逆襲だった。苦悶の表情を浮かべるも、セルリアはやるべきことを遂行する。

「うぅ…」

腹を拳打された男が、ゆっくりと床に倒れ伏した。時間差で、自らもその場に膝を折った彼のもとへ、千早が慌てて駆け寄る。

「セルリア！」

「っ……」

近くで見ると、ナイフは刃全体が埋まるほど刺さっていた。最悪の場合、先端が肺まで到達しているかもしれずに唇を噛む。

黒いカットソーゆえに血の色は目立たないが、多量の出血が見て取れた。けれど、迂闊にナイフを抜けば、もっと流血する。せめて止血ができたらと焦る千早に、かすれぎみの小声が告げる。

「……降りる、ぞ」

「でもっ」

「…もう、駅に……着く。人が……来、る」

だいいち、自分の血痕を残すのはまずいと言われた。

先の余裕が嘘《うそ》のように、セルリアが苦しげに後始末をとつづける。

減速し始めたレールに、動揺中の千早もうなずいた。ぐずぐずしている暇はない。こんなときですら、冷静な彼の指図で我に返った。

そばの座席にセルリアを寄りかからせて、早速、取りかかる。

警察の鑑識のルミノール反応や、ＤＮＡ鑑定等の科学捜査を無効に帰す液体が入った小瓶を、千早がボディバッグから出す。

これは、自らの血が猛毒になった頃、つくったものだ。

犯罪に加担はしないが、なにかの拍子になんらかの形で、己の遺留物を警察機関に採取されて調べられたときを想定し、保身のために製作した特殊な薬剤だ。何度も改良を重ねてもいる。

非常時に備え、手袋同様、外出の際は常に携えていた。

それをハンカチに染み込ませ、失神する男の手や顔を中心にセルリアの返り血を拭《ぬぐ》う。衣服についた分も、液体を直接かけて痕跡を消した。

手袋をはめているので、指紋が残ることもない。

作業を終えたところで、レールが次の駅のホームに滑り込んだ。

浅い呼吸の彼の腕を取って、千早が己の肩に回す。体格差のある長軀を、どうにか抱き支えて立ち上がった。

セルリアが着ているベストのデザインが斬新で助かる。

前身頃がたっぷり取られていて、ボタンやファスナーがついたミリタリー風ゆえに、上部のボタンをとめてナイフを隠せた。

「ギメルの邸まで、頑張って」

「……帰る…の、か」

「当たり前だよ。お医者さんを呼んでもらわないと」

「断る……人間の、医師になんぞ……診られて、たまるか」

「だけど、僕もさすがに、この傷は処置できないよ」

「…それでも、だ」

「じゃあ、どうしたらいいっていうのさ」

「……放って、おけ。これで、死ぬなら……俺がヘマをしたって…だけ、だ」

「セルリア⁉」

そう返された刹那、千早へかかる重みがさらに増す。

かろうじて意識はあるが、足下が覚束なくなっていた。刺傷の影響が肺に出ていて、話すのが困難な状況になってきたのだ。そんなセルリアを補佐し、停車したレールからなるべく早足で降りる。

乗降客にまぎれてエレベーターに乗り、地上へ出てタクシーを拾った。当然、無人走行のほうだ。

念のため、千早は脱いだジャケットの上に彼を座らせた。流れ落ちた血がシートにつかない配慮だ。

行き先をパネルに打ち込み、自動運転でタクシーが走り出す。

車載カメラを意識し、具合が悪い人の介抱を装った。あながち、間違いでもない。

逸《はや》る気持ちを抑えるのに苦労する。つらいはずなのに、呻きひとつ漏らさないセルリアの我慢強さが胸を抉った。

十分とかからず、ギメル邸に着く。タクシーを降りて門を通った際、手伝おうかという邸の警備員の申し出を、やんわり辞退した。

まだなんとか、彼が自力で歩けたせいだ。本人が他者に触れられるのを嫌ったのも、一因だった。

高い位置にある腰を抱えて、引き摺るように千早の部屋に連れて入る。そのときには、もはやセルリアの意識は朦朧《もうろう》としていた。

なるべくそっとソファへ座らせたが、すぐさま横向きに倒れ込む。

「セルリア！」

「……ぅ」

両瞼も閉じられて、血の気が失せた顔色だ。持っていたジャケットをテーブルに抛り、そばに両膝をつく。

とにかく、なにかしなければと焦るも、混乱で頭がうまく働かない。

いつもの平常心は、どこかへ吹き飛んでいた。

止血剤の投与が最善なものの、さすがに手元になかった。かといって、ナイフを抜くのも躊躇《ためら》われる。

やはり、ギメルに頼んで医師を呼んでもらうか。しかしと千早が迷っていると、セルリアの身体が脱力した。ソファからはみ出ていた手が、だらりと力を失う。

「セルリア？」

「……」

「ねえ、セルリア!?　セルリア！」

「……」

「セルリア!!」

まさかと思って脈を取ったが、無反応で愕然《がくぜん》となる。いわゆる意識不明ではないと気がついて、いっそううろたえた。

まだ温かい頬に触れ、鼻先に手を翳してみる。けれど、呼吸も感じずに動転に拍車がかかった。

血がつこうとかまわず、胸元へも耳を押し当てる。

何回確かめても、聞こえるはずの鼓動がない。幾度か肩を揺さぶって、名前も呼んでみたが、結果は同じだった。

のろのろと顔を上げた千早が、胸を喘がせる。

恐れていた絶息に、セルリアが横たわったソファの前で床に座り込んだ。

もの言わぬ骸《むくろ》となり果てた端整な顔を見つめて、呆然と呟く。

「また、僕のせいだ…」

即死でなく、いくらか猶予はあった。つまり、心臓付近を刺された大出血による外傷性ショックが死因と考えられる。

ほかに、右頰骨や左のこめかみ、両肩、腕と脚も、数えきれないほど実弾がかすめた傷痕があった。

大抵は無傷で無敵を誇る彼だが、いざというときは自らの身を犠牲に千早を守る。

当人は、仕事ゆえに当然というスタンスらしい。頼もしい反面、目の前で傷を負う姿を見るのは胸が痛んだ。

今回は、自身が招いた厄災だ。まさしく傷だらけの身体に、止め処《ど》なく自責の念が込み上げてくる。

ラスター対策さえ万全であればいいと、楽観的だった己の責任だ。

何事にも絶対はないものを、セルリアは大丈夫と高を括った。昨年の三宅事件で、学習しておいてである。

しかも、もしかすると取り返しがつかぬ事態へ繋がる。千早のように、彼は必ず蘇生できる保証はないのだ。

今朝、外出に誘いさえしなければ、こうはならなかった。

無理を強いた自分が、返す返《がえ》すも悔やまれる。

このまま、今度こそ本当に永眠したらどうしようと拳《こぶし》を握った。セルリアが不死を厭い、死を望んでいる可能性もゼロではなくて不安になる。だから、さきほどの『放っておけ』発言なのかと深読みしてしまう。

「セルリア…」

しかし、二十七歳の若い命を散らせたくはない。

彼を大切に育ててきたであろう養い親にも、申し訳なかった。否、もう二度とひとりで取り残されるのは嫌だというのが本音だ。

それが叶う希望を微かでも持てると知った以上、血を吐く思いで希《こいねが》う。

果てなき孤独も、ふたりなら耐えられる。そう、淡い期待に賭《か》けていた。

たとえ身勝手と詰《なじ》られても、道連れになってくれると言った、あの言葉を信じたい。

「……セルリア。頼むから、目を覚まして」

セルリアの力ない右手を握りしめて、千早は幾度も願った。

胸が張り裂けんばかりの時間が、刻々と過ぎていく。少なくとも、以前はもっと早く甦ったのにと、心が諦観と絶望へ傾き始めた。

稀《まれ》なる現象ゆえに、人はそれを奇跡と呼ぶのだ。

前回の事象が一度きりの神恵だったなら、千早には残酷でしかない。

あきらめきれず、祈るような気持ちでさらに見守った。そうして、どのくらい経った頃だろう。

彼の眉がわずかにひそめられた。ハッとなり、待ち望んだ復活に期待を膨らませる千早の眼前で、低い呻き声が漏れる。

「う……」

「セルリア！」

つづいて、銀色の睫毛が震えた。おもむろに両瞼が開き、同色の瞳が現れる。

深い安堵の念や歓喜、罪悪感等の感情が、内心で入り乱れた。一方、これでセルリアも不死だと証明された瞬間だった。

一回目は偶然でも、二回目以降は必然だ。己の経験を踏まえても、体質や種族の違いで蘇生に多少のタイムラグはあれど、彼の不死は確定的といえる。

なんと声をかけるか迷う千早と目が合うなり、セルリアが顰め面になった。

「痛《いって》…っ」

「まだ、ナイフが刺さったままだからね」

「あの野郎、背中まで貫通する勢いで突き刺しやがって。この感じだと、心臓どころか、肺も損傷してるぞ。呼吸がしにくいったらない。くっそ。もう五、六発殴って蹴り倒して、顔の形が変わるくらい踏み躙《にじ》ってやりゃよかった」

「…いや。わりと、けっこう血祭りにあげてたよ？」

「おまえもおまえだ。なんで、さっさとナイフを抜いてないんだ。血が大量に出ようと、どうせ抜かなきゃだろうが。刺しっ放しって、どんな了見だよ。新手の嫌がらせか。痛いのは俺なんだぞ！」

「そんなつもりは、なかったけど…」

「じゃあ、ろくな応急処置もせずに、今までなにをしてた」

「まあ、その…」

息を吹き返すやいなや、まず盛大に毒づくのは前と同じだ。普段より少し乱暴な口調になるのもだ。

セルリアの絶命に動揺し、途方に暮れていたとは、さすがに言えない。

困惑する千早をよそに、彼が頬を歪めて上体を起こした。ソファの背もたれに寄りかかり、遅まきながら事態を悟ったのか大きく息を吐く。

「さっき、俺、たしか死んだよな。で、今、普通に話してる」

「…うん」

「いよいよ、不死確定か」

嘆息まじりの声音は、この状態が歓迎なのか否か読めずに惑った。

どちらにせよ、嘘はつけないので、真実を口にする。

「ええと、たぶん決定的かな。でも、あの…。僕は、セルリアが生き返ってくれて、ほんとにすごくうれしいよ」

「ふうん…」

つい、本心がこぼれた。大概のことでは感情的にならず、真意も見せぬ千早にしては、破格の対応だ。ギメルや周も特別だが、セルリアはかけがえのない存在となって心に棲《す》みついてしまった。

自分も、彼にとってそうであってほしいと思いつつ、訊ねる。

「…きみは、やっぱり嫌だった？」

「別に。複雑な心境っていうだけだ」

「だよね。ごめん」

「今さら、謝罪はいらん……っく、う」

「セルリア⁉」

胸部に刺さっていたナイフを、セルリアが無造作に引き抜いた。新たな鮮血が再び溢れ出し、彼がぐったりとなる。

直ちに、救急箱と携行薬を取ってきた。手袋を取って、傷に響かぬよう上半身の衣服を慎重に脱がせていく。あとでまとめて始末すべく、凶器をそれで包んだ千早が速やかに処置に当たった。

「あんまり、無茶をしないでくれる？」

「手っ取り早い、方法を、選んで……なにが、悪い」

「潔くて、きみらしいけどね」

途切れがちに反論されて溜め息をつくも、当座のもので治療した。

かなりの深手とあり、豹の姿になってはどうかと促す。そちらのほうが断然、傷の治りが早いためだ。けれど答えは否で、千早は肩をすくめる。

つまり、この邸では、いまだ落ち着けないというわけだ。ついでに、レールでの一件がラスター絡みか訊いてみると、苦りきった面持ちをされた。

「なんとも言い難い。あいつのにおいは、野郎からしなかったが」

「そっか」

強盗犯が、ラスターの餌でないのは確からしい。かといって、違う手段で接触を図り、自分たちを襲わせた可能性がなきにしもあらずだとか。

手当てがすんだのちも、セルリアはひどくだるそうだった。

痛み止めは服薬させたが、怪我による発熱が主な要因だろう。ギメル襲撃事件も併せ、同族の仕業ではとの懊悩《おうのう》も理由に挙げられる。

なんといっても、あれだけ失血したのだ。しかも、生命活動が一時停止して再生直後とくれば、当然と考え及んだ。

そもそも、甦りがかなりの疲労を伴うのは、千早も体験ずみである。その分、精のつくものを補給せねばと思いついた。

諸々の詫びの意も込めて、神妙に己の首元を指す。

「輸血を兼ねた、ごはんはいかが？」

「…一昨日《おととい》、飲んだばかりだ」

「でも、きみは現状、明らかに血が足りてないでしょう。あんなに流血したんだもん。絶対に飲んだほうがいいって」

「休めば、回復する」

「のど、渇いてないの？」

「……………」

無言で視線を逸らされて、千早は噴き出しかけた。セルリアの喉仏が上下したのも、見逃さない。確たる渇きを覚えているのだ。

この期に及んでも、自らねだらない強情ぶりに呆れる。反面、嘘をつかない正直さは、好ましかった。

「決まりだね。はい、飲んで」

「…今の俺は、この前よりも飢餓状態だ。貧血になりたいのか」

「気にしないでいいよ」

「セーブできないって言ってるんだ」

「覚悟の上だってば」

動くのすら億劫そうな様子に、千早がリードする。

ソファの後ろへ回り込み、背もたれに両手をついて上体を屈めた。彼の右肩越しに背面から身を乗り出して、頸部前面を差し出す。

襟元がブイネックゆえに、吸血はしやすいはずだ。それでも渋るセルリアへ、さらなる本意を明かす。

「せめてもの罪滅ぼしを、させてくれるかな」

「ああ?」

「今日、公園に誘ったことも含めてね。僕のせいでセルリアの人生を歪めた咎《とが》は、これでも一応、自覚してるんだよ」

「すべての発端は、おまえを餌に選んだ俺のミスとか言ってなかったか」

「事の始まりはね。だけど、きみの体質を激変させた責めが僕にあると思ってるのは、掛け値なしの本音だから」

「殊勝なおまえは、胡散くさいだけだな」

「体調が絶不調だろうと、絶好調な毒舌のきみといられて僕は楽しい。って、いいから。ほら、ごはん」

「変人め」

「なんとでも……っん」

鎖骨のすぐ上へ唇で触れられた刹那、肌を裂かれる痛みを覚えた。

いつもとは違う吸血部位に瞬時、千早が戸惑う。彼を気遣った結果とはいえ、傍目《はため》には微妙な構図に映ると今頃気づいた。

咄嗟に身じろいだら、右腕が伸びてきて後頭部を押さえられる。

「動くな」

「わかっ、てる…けど。そこで、いいの？」

「黙ってろ」

フェロモン垂れ流しのセルリアに、うるさげにあしらわれた。

不明瞭《ふめいりょう》だが、いつもの七割増しくらい蠱惑《こわく》的な声だ。空腹感に比例し、悩殺度もレベルアップするとみえる。

千早相手に無益ながら、まとう雰囲気まで通常よりも濃厚な艶冶《えんや》さだ。

ほぼ同時に、今までにない超ハイペースでの吸血が始まった。

体内の血流の乱れが著しく、眩暈と微熱めいた火照りも相当だった。痛みを凌《しの》ぐほど急速に全身を支配する酩酊《めいてい》感のせいか、平衡感覚をも狂い出す。

この症状は初めてで、なんとも参った。踏ん張りがきかず、いったん制止を求めて彼の肩を叩く。

「待って。少し、無理があるみた……っえ⁉」

突然、千早の足下が宙に浮いた。あれよあれよという間に視界が反転して、身体が軽々と引き摺り寄せられる。

気づけば、セルリアの膝上へ横抱きにされた姿勢になっていた。

弱っていようと、基礎的な膂力《りょりょく》の強さに驚く。というか、上半身に包帯だけを巻いた半裸の彼に、覆いかぶさる格好で抱きしめられて鎖骨近辺に顔を埋められている状況が、いたたまれなかった。

「……セルリア。この体勢は、ちょっと」

「さっきのは、飲みづらい」

「なら、別の…」

「面倒だ。これでいい」

「や。僕は、いまいちなんだけど」

目前にある胸板を押し返しかけて、怪我のことを思い出して抵抗をやめる。

正直、抗《あらが》おうにも手足に力が入らないのが実情だ。なにより、こうも一心不乱に吸血するセルリアは珍しいので、再度の中断は気が引けた。

自分が原因で血不足状態へ陥らせたから、なおさらだ。

ただし、我が身を顧みぬ彼に、やはり一言言わずにいられない。

今までは、必要以上に誰かと親しく交わるのを、意識的に避けてきた。

終わりなき生を共に生きられるセルリアに限っては、その箍《たが》が外れた。ゆえに、長い間、封印しすぎて忘れかけていた他者への愛執が呼び覚まされつつある。とはいっても、独占欲などの執着心とは別物だ。

彼が恋人や友人をつくろうが、千早は全然かまわなかった。

自分たちの関係は、それらのありきたりなものには当てはまらない。物理的にでなく、互いが精神的に必要不可欠な絆《きずな》を築けるといい。

そう思いながら、いつになく凶暴なほどの熱を帯びた肢体を持て余す。己の身体ではないような浮遊感も、千早の当惑を助長した。

熱い吐息に混じり、こぼれかける妙な声を堪えるのも、ひと苦労だった。けれど、セルリアの体温が普段どおりに戻ってきていて安心する。

包帯の上から胸元へも手で触れ、心音を確かめて話しかける。

「聞いて、セルリア」

「……なんだ」

鬱陶しげな気配もあらわに、彼が生返事をした。顔を上げようともしない。気にせず、千早がつづける。

「あのね。絶対に死ななくたって、きみがいたずらに傷を負うのは、僕は嫌だよ」

対象者を守るのが護衛の任務にせよ、自身のことも気遣ってほしい。

無論、セルリアの剽悍《ひょうかん》ぶりは充分わかっている。これが矛盾する言い分なのも承知だが、痛切にそう願うと告げた。

すかさず、どこか呆れたような声で返される。

「おまえが不死だと知ってても、条件反射でつい身体が動くんだ。仕方ないだろ」

「仕事や外出のたびにこんな感じだと、僕の身が持たないよ」

「いくらだって持つ身で、戯言《たわごと》をほざくな」

「もののたとえだしね」

「そもそも、おまえが傷つくくらいなら、俺が血を流す」

「……つまり、僕がそんなに大事ってこと？」

思いもかけぬ台詞に驚愕しながら問うも、しばし無言を貫かれた。そして、鼓膜が凍りそうな声で淡々と答えられる。

「寝言は寝て言え。おまえの猛毒血で、行く先々で人がバタバタ死んだらパニックになるからに決まってるだろうが。その点、俺の血のほうがまだましだ」

「ああ。そっちの心配ね」

「ほかに、なにがある」

「なにって、ちょっとは僕を大切に想ってるから、庇っちゃうとか？」

「寝言を通り越した鳥肌ものの妄想はやめろ。胸糞《むなくそ》が悪い」

「照れ隠しにしても、暴言すぎ……っう、く」

いい加減に黙れというように、薄い皮膚がまた食い破られた。

苦痛と快い陶酔感の境で、千早が小さく呻く。すでにけだるくなってきている身体に苦笑いし、ふと思い至った。

セルリアの、もうひとつ気になる過去の発言について訊ねる。

「あのとき、僕の血がまずくはなくなってるって、言ってたよね。あれって、美味しいって解釈でいいのかな？」

「……」

「どうなの、セルリア」

またも黙り込まれたが、粘り強く食い下がった。あまりのしつこさに嫌気が差したのか、彼が投げやりな語調で呟く。

「……甘い」

「え？　甘い!?　美味しいと、どう違うの？」

「……」

「きみ、わりと辛党じゃなかったっけ？　実は、今もほんとは『オエっ。あっま…』って感じで飲んでたりするわけ？」

「…やかましい」

「セルリアってば、ちゃんと教え……っ」

追及の途中で、深々と牙が穿ってくる。以後は、どれだけ質問しても納得のいく回答は得られなかった。

バカンスが残り一週間を切った頃、セルリアの傷は癒《い》えた。

正味四日間での完治は、驚異的な早さだ。病院へ行けば、現代の医療だとその程度で治るが、ほとんど自然治癒である。

同じ不死の千早でも、あんなにひどい怪《け》我《が》では最速で彼の倍はかかる。

そこは、やはり種族差による生命力の違いだろう。

あの日、たっぷり吸血され、深夜近くに目覚めた千早は、自身のベッドにいた。どうやら、本当に貧血で気を失ったとみえる。

ソファに放置せず、ベッドまで運んでくれたことも驚いた。それ以上に、気づいた千早を見て、安堵《あんど》の色を湛《たた》えた銀色の双眸《そうぼう》が印象的だった。

セルリアが全快したなら本望と思う一方、千早は翌日までだるかった。

平素は二、三時間で回復するのにだ。一度に多量に飲まれると、反動も大きいようだ。

あれ以来、彼は前にもまして、よく考え込んでいる。

不死が確実になったせいもあるだろう。そして、不気味な存在感を誇示するラスターに、焦《じ》れてもいる。

次は、いつ、誰《だれ》を、どこで、どんな手口で襲ってくるか。皆目、見当がつかなくては、悩ましいのもわかる。

それでも、警護はきっちりこなしているところは、さすがだった。

セルリアの負傷は、ギメルにはさほど不思議がられなかった。

フォレストパークへ出かけた日、使用人から伝言を聞く前から、胸騒ぎがすると周が不安がっていたのだそうだ。

詳細を話すと、微苦笑が返ってきた。嫌がるのを後目《しりめ》に、銀髪を撫《な》でて慰める周は真剣で、突っぱねられずにいるセルリアがおもしろかった。

そのギメルは今日、宝石商としてシャルドン邸に赴くという。

ラスターの件で、マリーと特定記憶消去薬に関して、すっかり忘れ果てていた。

昼食後、リビングで寛《くつろ》ぐ最中、千早がギメルへ問いかける。

「休暇中なのに、仕事するんだ？」

「まあな。彼女の父親の頼みだと、断りにくい。先日、誘われたパーティも多忙を理由に欠席したから」

「そうだったね」

実家の事業でもつきあいがあるため、あまり無下にもできないらしい。しかも、相手は激務の合間を縫っての依頼とか。

シャルドン氏いわく、娘にネックレスをつくってやりたい。ついては、AMERICAにいる間に、メインとなる石を見せにきてほしいらしかった。

たしかに、そういう事情では、ギメルが出向かざるをえまい。

「なんか、ご苦労さま。周くんはなんて？」

「これといって、なにも。マリーのことでは、なるべく感覚を閉じてるようだな」

「そうしたい気持ちも、わかるなあ。でも、外出に伴う危険はないの？」

「別段、命にかかわるようなものはないんだよな、周？」

「……うん」

向かい側のソファでギメルの隣に座る周が、微《かす》かにうなずいた。どことなく憂い顔なのは、爆弾事件の衝撃がまだ尾を引いているせいかもしれない。

セルリアも同様の考えなのか、護衛は増員のままで行けと忠告した。

「わかった。セルリアもありがとう。夜には戻るよ」

「気をつけてね」

「ああ」

先方の都合に合わせて、夕方に会う約束だとか。

ところが、商談が予定外に長引いた上、話もまとまっていない。ゆえに、シャルドン氏に泊まっていくよう勧められた。翌朝、また話して帰るつもりだと、午後九時を回った頃、ギメルから千早へ連絡が入った。

石の候補は、ふたつに絞られた。けれど、どちらにするかで氏とマリーが迷い、決めかねているそうだ。

「大変だね。お疲れ」

「どうも。それで、すまないんだが、きみたちに頼みがあってね」

「なに？」

「私のかわりに、今夜、周と一緒に寝てくれるかい？」

意外な申し出だが、やぶさかでない。今とて、護衛中のセルリアと同室で寝起きしているのだ。

人数が増えたところで、さほど気にならなかった。

「いいよ。同じ部屋でってことだね」

「いいや。同じベッドでという意味だよ」

ギメルが、あっさりと大胆な訂正をした。想定を超えた要望に千早が少々驚くも、彼がなおも言い添える。

元々、周は繊細な気質のため、眠りが浅い。加えて、ひとりで眠ったら、必ず怖い夢を見てしまう。そこへ、先日のギメルの事故が起きた。あれ以降、悪夢に魘《うな》される回数がさらに多くなったらしい。

目覚めたときに誰かがそばにいないと、夢か現実か判然とせずに最悪、錯乱状態に陥る恐れがある。

それを防ぐのが最大の目的と聞いて、得心がいった。

「了解。周くんへは、もう知らせてるの？」

「私が帰れなくなった件はな」

「そっか。寂しがってるだろうね」

「おそらく。だが、きみたちふたりがいるなら、周も安心して眠れるはずだ」

「きみには敵《かな》わないけどね。周くんのことは任せて」

「よろしく頼むよ」

通話を切り、携帯用通信端末を手にセルリアへ向き直る。

思いきり渋られそうなものの、約束は履行せねばならない。訝《いぶか》しげな目線に、にっこり笑いかけた。

「ちょうどいい具合に、お互いシャワーもすんでるし、移動しようか」

「ああ？」

「周くんのところへ、お泊まりにいくんだよ」

「なんのためにだ」

「いつも一緒に寝てるギメルが、今夜は帰ってこられないんだって。で、僕ときみが彼にかわって、周くんに添い寝してほしいって頼まれたから」

「……なんだと？」

「だから、僕たち三人で眠るの」

「そこじゃない。あいつら毎晩、同衾《どうきん》してるのか？」

「ほんと、仲良しだよねえ」

「…いくら従兄弟《いとこ》でも、過保護すぎだろ」

若干、引きぎみのセルリアをよそに、千早は抵抗感が薄い。

理由を知っているのもある。しかし、ギメルと周がどういう仲であろうと、それは当人同士の自由だ。他人が立ち入る領域ではない。

彼らが彼らである限り、自分にはどうでもいい問題だった。

「さあ。行くよ」

「おまえひとりで行け。俺は、男と同じベッドで寝る趣味はない」

「よし。豹《ひょう》になって、抱き枕《まくら》でいくと」

「断る」

「あのねえ、セルリア」

断固拒否のかまえを見せられて、千早が仔細《しさい》を説明する。いくぶん態度を和らげるも、まだ渋い顔の彼にたたみかけた。

「人一倍デリケートな周くんを、ひとりで放っておくの？」

「……………」

「だいたいさ、きみは現在、僕の護衛についてるんだもん。そばにいないとね」

「詭弁《きべん》を弄《ろう》するな」

一晩くらいは独り寝できるはずなどと粘られたが、聞き流す。

愚図るセルリアの腕を取り、立ち上がるよう催促した。並行して笑顔を向け、最後通《つう》喋《ちょう》とばかりに突きつける。

「あんまり駄々を捏《こ》ねると、きみを真ん中にするよ」

「おまえ…!?」

「豹で抱き枕になるのは嫌なんでしょう。じゃあ、人型で周くんと僕に、両腕枕をしてもらってもいいんだよ?」

「……激しく萎《な》える想像をさせるな」

覇気のない表情でぼやいた彼に堪《こら》えきれず、千早が笑い転げた。

鋭い眼差《まなざ》しの睨《にら》みはスルーで、重い足取りの長身を連れて部屋を出る。三階のギメルの居室に顔を見せると、パジャマがわりなのか浴衣《ゆかた》を着た周が、驚きながらもうれしげに迎えてくれた。

寝る位置は、ポーカーで決めた。結局、千早の台詞《せりふ》が現実になり、セルリアを中心に川の字で眠ることになった。

広いベッドで各々、人ひとり分ほど間隔を置いての就寝だ。

「…なんの拷問だ」

「フェアなカードゲームの結果だよ。おやすみ、周くん。セルリアも」

「おやすみなさい。千早、セルリア」

憮然《ぶぜん》と呟《つぶや》く彼を挟み、周と挨拶《あいさつ》を交わしてリモコンで照明を落とす。

翌朝、セルリアの目の下には、くっきり隈《くま》ができていた。訊《き》けば、一晩中眠れなかったとかで笑いを噛《か》み殺す。

護衛の仕事中も仮眠は取るだけに、男に挟まれた共寝がよほど不服だったようだ。

片や、周は眠りこそ浅かったが、白い豹と遊ぶ夢を見たと楽しげに語った。千早はどこだろうと眠れる性質《たち》なので、普通に寝て目覚めた。

各自、身支度を整えたあと、朝食を摂《と》りにダイニングルームへ向かう。

席に着いた途端、周がなにやらそわそわし始めた。

「どうかした、周くん？」

「……あ。えっと…」

「まさか、ギメルが帰ってくるとか」

千早が言った折も折、ギメルの帰宅を執事が告げにきた。正午前後と思っていたため、軽く両目を瞠《みは》る。

どう考えても、シャルドン邸を辞するには早い。

今が、午前八時前だ。身づくろい等を含めると、七時頃に辞去したことになる。氏と朝食どころか、仕事の話もしてこなかったくらいの時間帯だ。

下手をすれば、非礼と受け取られてしまいかねない。

疑問だらけで眉《まゆ》をひそめていたら、当人が姿を見せた。大股《おおまた》でゆったりと周のもとに歩み寄り、その髪を撫でながら千早とセルリアへ開口一番に礼を述べる。

「おはよう。ふたりとも、昨夜は周が世話になったね」

「いや。それは、全然いいんだけど」

「俺はよくない。精神的慰謝料を寄越せ」

「まあまあ、セルリア。…というか、ずいぶん早かったんだね」

「ああ。急遽《きゅうきょ》、事情が変わったから」

「？」

首をかしげた千早に微笑《ほほえ》んだギメルが、使用人へ自分の分の朝食も言いつける。

恭しく頭を下げ、三人分の給仕を終えて使用人が出ていった。そして、彼があらためて手厚く謝礼を口にする。

「ありがとう、千早。あれが早速、役に立ったよ」

「なるほど。そういうことね」

「なんの話だ」

「あれって…？」

セルリアと周が、不可解といった顔つきで訊《たず》ねてくる。

解説を忘れていたと、肩をすくめた。そんな千早を笑ったギメルが、昨晩、千早と周に外泊の連絡を入れたあとに起きた顚末《てんまつ》を話し始める。

実のところ、宝石の商談は口実でしかなかったという。

いつまで経っても、ギメルは周ばかりを特別視し、自分を見てくれない。そこで、ついに業を煮やしたマリーが、父親に頼んでNIPPONへ帰国する前に、ギメルを呼び寄せてもらったのだ。

昨夜、あれから彼女自らギメルが泊まるゲストルームを訪れた。

ナイトキャップにと、デキャンタした赤ワインとグラスをワゴンに乗せて、手ずから運んできたとか。

内心で警戒しながらも、門前払いはできない。自分は客であり、マリーはホスト側の者ゆえに、室内へ招き入れた。

いざ注がれた液体を口元に持っていきかけて、ギメルは手を止めた。それが、ただのワインではないとわかったせいだ。

「千早特製の香水の賜物だ」

「香水？」

周が瞬《まばた》きし、脇《わき》に立つギメルのジレ付近に顔を埋《うず》めて『いつものと違う』と呟いた。

そのとおりとうなずいた彼がつづける。

「例の爆破事件後、千早がつくってくれたんだよ」

「僕がやってあげられる護身対策は、この程度だけどね」

「充分心強いし、助かった」

「なにもないに越したことはないから、役に立てて光栄と言っていいんだか、なんとも微妙だなあ」

先日の一件で、千早はギメルの身も案じた。

千早やセルリアとは別の意味で、様々な人間から多様な名目で狙《ねら》われていると知ったせいだ。しかも、彼は果てのある命とくれば、放っておけない。

ギメルと周には、可能な限り長く生きてもらいたかった。そのために、己になにができるか思案した。

暴力沙汰《ざた》への対抗は千早には無理なので、己にできる防衛策を考えた。やがて、危険はごく身近に在ると気づいた。

たとえば、飲食物へ一服盛られる行為も脅威だろう。

証拠を残さず、人を死に至らしめる毒薬は少なくない。毒以外でも、人体になんらかの影響を及ぼす薬物を、知らずに体内へ取り込まされては大事《おおごと》だ。

従って、あらゆる薬物に反応して、香りが変化する香水を開発した。

材料はギメルのラボ内でそろえられたし、薬の調合よりも簡単にできた。

ギメルが襲撃された直後は邸内から出ずに時間があったので、いい暇潰《ひまつぶ》しになった。ただ、まさかこうも早く出番がくるとは想定外といえる。

「で、なにが入ってたか、わかったの？」

「まあな」

千早が訊くと、ギメルが微かに不快げな面持ちになる。

香水の香りが変わったのち、口をつけなかったワインを手に、マリーを問い質《ただ》したそうだ。当初はしぶとくとぼけていた彼女も、成分分析に回すとの通告に折れたらしい。

マリーの真の狙いは、既成事実をつくることだった。

つまり、ギメルと一度でも男女関係になり、あわよくば身ごもって婚姻を迫る。この策略を成功させるべく、彼女は催淫《さいいん》剤入りのワインをギメルに飲ませようとした。自身の排卵日も周到に計算しての暴挙だ。

そうまでマリーを駆り立てた理由は、迫るギメルの帰国ばかりではなかった。

特定記憶消去薬が自社で開発できるまでには、時間がまだまだかかる。おまけに、個人的に依頼中の『ルース』からも、返事を保留にされている。その間にも、周は当たり前のようにギメルと暮らす。

それに対して、彼女は二十代どころか、適齢期すら越える。

思いどおりにならぬ事態すべての責任を周に転嫁し、さらに憎んだ。

いっそ、周の存在ごとギメルの記憶から抹消させたい。そう痛切に願った末、件《くだん》の薬を発想したらしかった。

「あの薬って、周くんにきみのことを忘れさせるのが目的だったんだ?」

「なんとも短絡的だが、そのようだな」

「だから、肯定的《ポジティブ》な記憶限定ってわけか。うん、すごく納得。でも、そんな個人的な理由で会社を動かすなんて、人を想う力はすごいねえ」

「はた迷惑な執念と、狂気の間違いだ」

冷静な突っ込みを入れたセルリアに、ギメルが口角を上げた。

ちなみに、マリーへは両親へ黙っている条件で、自分と周に二度とかかわるなと引導を渡してきたとか。

さすがの彼女も反論できず、引き下がったという。

どこかすっきりした感のあるギメルとは裏腹に、周がしょんぼりと謝る。

「…ごめんなさい」

「周？」

「僕が、もっと、きちんと視《み》てればよかった」

「視てくれただろう。おかげで、何事もなく帰ってこられた」

「でも…」

「気にしなくていいよ。周」

苦手と嫌がって真意を見極めなかった自分を責める周を、ギメルが宥《なだ》める。立ったまま、背後から優しく抱きしめる彼に、千早も加勢した。

そこへ、タイミングよく使用人がギメルの朝食を運んできた。

マリーの話題は切り上げ、四人そろって食事にする。

食後は、二組に分かれて部屋へ戻った。周の慰め役は、適任者のギメルに任せる。

思いのほか、例の香水にセルリアが興味を持った。直感で毒入りのものはわかるが、致死量でないと察知できない。ほかの薬物は感知が難しいらしく、千早が彼の分の香水もつくることになった。

その日は、どんな香りで調合したいかの聞き取りと、材料の注文に一日を費やす。セルリアの好みが、なかなか細かかったせいだ。

翌朝、千早はふと思い出す。特定記憶消去薬の依頼を正式に断ってくれと、昨日ギメルに言い忘れていた。

セルリアは今、シャワーと着替えに自室へ戻っている。たぶん、二十分弱ですませてくるはずだ。この間に言いにいっておこうと、部屋を出て三階に向かった。念のため、書き置きをしておく。

もうすぐ午前七時半だし、ふたりも起きているだろうとドアをノックする。中から、『どうぞ』とギメルの答《いら》えが返った。

「あれ？」

入室したが、そこに目当ての姿はなかった。『こっちだ』という声に導かれて応接室を横切り、隣の寝室と思《おぼ》しき室内に入る。

カーテンは閉まっていた。けれど、布越しに漏れる朝陽で、適度に空調が効いた室内の様子は見て取れた。

「おはよう。…って、まだ寝てたのかな」

千早の目に、まだベッドの中にいる彼らが映る。

慌てるでもなく、ギメルが裸の上半身を起こした。手近にあったパジャマの上着を羽織り、ベッドのヘッドボードのクッションにもたれかかる。上掛けから覗《のぞ》く下肢は、パジャマのズボンを穿《は》いていた。

普段は上げている前髪が下りていて、三十七歳の実年齢よりも若く見えた。

「いや。少し前に起きてたよ。おはよう、千早」

「きみは、でしょう」

「周はよく寝てるから、起こすのが忍びなくてね」

「一昨夜は、落ち着いて眠れなかったんだよ」

「そんなことはな…」

「……ギメ、ル…？」

自分たちの会話にむずかるよう、周が寝ぼけまなこでギメルを呼んだ。その手がなにかを探すふうに、シーツの上を不安げに彷徨《さまよ》う。

周は、昨夜とは違う浴衣姿だった。寝乱れて少々はだけたその襟元を直してやりつつ、ギメルが彼の額にくちづけて囁《ささや》く。

「ここにいるよ」

「……ん」

「まだ寝ていていい。ちゃんと、そばにいるから」

「…か……った…」

かすれた小声で、『よかった』と周の唇が動いた。

手を繋《つな》いでもらい、安心しきった様相でギメルへなおも身を寄せる。そんな彼の髪を、そっと撫でるギメルにも、千早は双眼を細めた。

魂ごと添っている感じが、双方ひどくふさわしい。

今度は、さきほどよりもひそめた声で依頼の辞退を頼んだ。

「わかった。そう返事をしておこう」

「うん。じゃあ、お邪魔しちゃってごめんね」

「邪魔なんかではないよ。一昨夜も、周はにぎやかでうれしかったようだし」

「そっか」

「私は、周が楽しければいいから」

いつもの口癖を返した彼に片手を振り、寝室をあとにする。

応接室を通って、ギメルの部屋を出た。自室へ戻りながら、セルリアが同行していたらどうなっていたかと笑いが込み上げる。

この日は、午後に香水づくりの材料が届いた。調合は明日にし、一緒に注文した本を読んで過ごす。

全員での夕食後も、千早は部屋で読書のつづきに耽《ふけ》った。

きりがいいところで、頁《ページ》から顔を上げる。視線の先で、セルリアが滅多になくソファでうつらうつらしていた。

居眠りも、無理はあるまい。もうひと月以上、千早の護衛についているのだ。仕事でさえ、こんなに長期間の任務はかつてない。ラスターのことでずっと気を張ってもいるから、当然だ。

一昨日の夜は一睡もできなかったらしいしと、口元をほころばせる。さしもの体力を誇る彼とて、疲れているはずだった。

千早自身も、最近は四六時中張りつかれていて、少し窮屈でもあった。そろそろ、個別行動が恋しい。かといって、セルリアを心配させるつもりは微塵《みじん》もなかった。

ギメル邸の庭園内散策なら、安全だろう。置き手紙を書く間に目を覚まされては、元も子もなくなる。彼を起こさぬよう静かに自室を出た。

長時間、散歩に費やす気もなく、ほどほどで戻るつもりでいた。書き置きのかわりに、当主へ言っておこうと、ギメルの私室へ行く。

さすがにノーネクタイだが、休暇中でも概《おおむ》ね、ジャケット姿のギメルだ。インナーは麻のシャツで、涼しげないでたちである。周は、淡いブルーのドレスシャツにダークグレーのパンツという、いつもの上品なスタイルだ。

千早の話を横で聞いていた周が、遠慮がちに申し出る。

「それなら、ぼくが温室を案内しようか?」

「ほんと? そこはまだ行けてないから、お願いできる?」

「うん」

「私も、あとで合流しよう」

「じゃあ、そのときはセルリアも連れてきてくれるかな」

「わかった」

ギメルは数通、どうしても仕事のメールを送らねばならないらしかった。

千早と周は、先に赴く。外はすっかり陽が暮れていたが、昼間と比べて夜風が涼やかで心地いい。

玄関から徒歩五分ほどで、温室に着く。内部はそこそこ広く、天井が高い。自生に似せた配置を意識したのか、解放的な空間だった。植物がある部分以外は、きちんと舗装されている。

ところどころに、まだ土へ植える前の苗木が置かれた棚がある。

周もときどき、それらの植樹を手伝うそうだ。

豊富な種類にも感心する。見上げるほどの木立もあれば、地面を覆う芝桜のようなものもあった。

殊に、蘭《らん》の数が多かった。絶滅危惧《きぐ》種の貴重な品種に、千早が目を輝かせる。どれもが、生き生きと咲き誇っていた。

嬉々《きき》として、温室内を見て回る。

「すごいね。ARIZONA《アリゾナ》のサファリパークより、稀少《きしょう》な品ぞろいだよ」

「管理が大変みたい」

「だろうねえ」

言葉少なだが、周の説明はわかりやすかった。

人間よりも、動植物に囲まれるほうが心が和むという彼のために、この施設もギメルがつくってくれたとか。そうして、周の名を冠した、可憐《かれん》な薔薇《ばら》が植えられたエリアに来たときだ。

「こんばんは」

「!?」

「……っ」

突然、声をかけられ、息を呑《の》んだ。足音どころか、気配さえまったく感じなかったので驚いた。

花の解説に夢中だったのか、周も珍しく気づかなかったようだ。

振り向いた千早が、見覚えのある人物を認めて瞠目《どうもく》する。なにゆえ、プラントハンターのオリスがここにいるのか訝った。

今日は、以前顔を合わせたときのフォーマルな装いとは異なる。黒縁眼鏡《めがね》と結んだ髪はともかく、デニムと片方の肩に黒のバックパックといった軽装だ。

しかし、マリーの父親経由、即《すなわ》ち仕事関連でギメルに用事があって訪れたのかもしれない。そう思い直し、好意的な笑みを湛えた。

「フィードさん、こんばんは。またお会いしましたね」

「正確には、三度目ですよ」

「ええと、まだ二回目じゃ…」

「まあ、こちらが一方的に、何度も見ていたにすぎませんが」

「はい?」

台詞の意図が把握できず、訊き返した。そんな千早のオリーブ色のロングTシャツの腕が、きつく摑《つか》まれる。

そちらに目線を遣《や》れば、周が怯《おび》えもあらわな表情でオリスを視ていた。その上で、千早もろとも後ずさろうと躍起になっている。

もしや、見知らぬ人がいきなり現れて怖いのではと気がついた。互いを紹介しようとした矢先、周が呟く。

「……セルリアと、同じ人…」

「えっ」

「でも、彼には近寄ったら、だめ。危ない」

「周くん!?」

余人の本質を一目で見抜く周の言葉が意味するところは、ひとつだ。

周とオリスを交互に眺めつつ、千早が早口で確かめる。

「もしかして、この人も吸血人豹一族ってこと？」

「うん。黒い豹だよ」

「！」

「ぼくたちに、敵意を持ってる」

「まさか…」

自分を襲った黒豹が彼かと、ひらめいた。そうならば、オリスとラスターは同一人物だったとの結論になる。

パーティ会場で、千早を執拗《しつよう》に眺めていた謎《なぞ》が解けた。千早が日本人だからではなく、セルリアの餌《えさ》と勘づいたからだ。

考えてみるも、オリスに会ったのは、千早とギメルだけである。セルリアは、豹の彼しか見ていない。唯一、どちらをも見極める周は、今回が初対面だ。ゆえに、両者を結びつけられなかった。

果たして、偶然か故意か。判断が微妙だと思う千早の目前で、オリスの面持ちが、がらりと変わる。

文字どおり、激しい豹変だ。そして、彼がおもむろに口を開く。

「あの女に言われるまでもなく、殺す必要があるな」

「……っ」

それまでの柔和さが、いっさいなくなった。不穏なオーラを隠さず、眼鏡の奥の目が物騒に眇《すが》められる。

声色すら、違っていた。なにより、ぞんざいな口調の声は、まさに千早が襲撃された際に聞いたものだ。

カムフラージュをやめたオリスがまとう雰囲気は、皮肉にもセルリアと似通っている。冷淡な目つきや態度、他者への排斥感など、そっくりだ。彼らの種族には美形しかいないのかと思うほどの冷艶さまで、共通していた。

おそらく、オリスの場合の他者は、人間に相違あるまい。先の一言で、彼がラスターだとも断定できた。自身の正体を知った人間を生かしておかないのが、吸血人豹一族の掟《おきて》だからだ。

素性を看破した周と、知った千早に対する殺気がさらに高まった。

他方、ラスターのいう『あの女』については、容易《たやす》く想像がつく。

確実に、マリーだ。ギメルの絶縁宣言で周を逆恨みし、殺してくれと頼んだのだろう。

ただし、そんな依頼をなぜ、ラスターにしたのか。彼も、なにゆえ受けたのかは、わからなかった。

脳内で情報整理しつつも、彼と少しでも距離を置こうと動く。けれど、次の瞬間、不意に間を詰めてこられた。

きっと、ラスターもセルリア並みの身体能力を持つはずだ。ならば、人型でいても桁外《けたはず》れの腕力の主とみていい。

冗談ぬきに、人間の頸椎《けいつい》を片手でへし折るくらい簡単にやりかねない。

自分はともかく、周は守らなければと、素早く背中へ庇《かば》った。

ラスターを油断なく注視しながら、背後へちらりと視線を投げて言う。

「僕が彼を引きつけておく。その隙《すき》に、周くんは逃げて」

「千早っ」

「ほら。僕は、なんとでもなるから」

「でも…」

「大丈夫。ね？」

千早の真意を正確に読み取ったらしい周が、逡巡《しゅんじゅん》をみせた。たとえ不死といえど、千早を残して自分ひとり逃げるのを躊躇《ためら》っているのだろう。

泣きそうに頰《ほお》を歪《ゆが》めた彼を、再び促すより早く、ラスターが嗤《わら》った。

「無駄な相談だ。どちらも、今すぐ死んでもらう」

「……っ」

バックパックを地面に落とし、ラスターが一気に詰め寄ってきた。千早が咄嗟《とっさ》に、周を胸に抱き込んで盾になる。

当然、無防備になった背面への衝撃と苦痛を覚悟した。その瞬間、猛烈な速さで躍り込んできた白い塊が、視界の端をかすめる。

「!?」

「あ……！　千早、あれ！」

「うん」

千早と周、ラスターの間に割って入ったのは、セルリアだった。周を庇った千早ごと、背に守るよう巨軀《きょく》の白豹が立ち塞《ふさ》がっている。

忌々しげに舌打ちしたラスターが、瞬時に飛びのいた。

さすがに、セルリアの攻撃範囲にいられないと踏んだとみえる。そこへ、さらなる第三者の硬い声が響いた。

「間に合って、よかった」

「ギメル」

「ふたりとも無事だな」

「なんとかね。だけど、それ…」

「ああ」

セルリアと一緒に、ギメルも駆けつけてきてくれたらしい。その彼の利き手には、護身用と思しき拳銃が握られていた。不測の事態に備えてだろう。

普段、護衛される身の彼だが、実は当人も射撃の名手と聞く。

現状は、セルリアの変身を慮《おもんぱか》った結果と察した。護衛を帯同しないかわりに、自らの手で危険を排除する気なのだ。

安全装置は外さぬまま、ギメルが真顔で言う。

「一応な。これの使用機会がないことを祈るよ」

「そうだね」

「それと、私たちは、少し離れたところへ移ろう」

「…了解」

ここにいる誰も、手助けはできない。下手な行動は、足手まといになるだけだ。

神妙にうなずいた千早は、周をギメルに委《ゆだ》ねた。足早にセルリアの邪魔にならない位置まで移動し、ついに対峙《たいじ》した両者を見守る。

一時的に閉鎖された温室内が、張り詰めた空気に包まれた。異様な緊張感の中、セルリアとラスターは闘志を漲《みなぎ》らせ、静かに睨み合っていた。


遡《さかのぼ》ること十分ほど前にセルリアが目覚めた際、室内は無人だった。

ほんの数分とはいえ、微睡《まどろ》んでしまった己を悔やむ。同時に、自分の目を盗んで部屋を抜け出した千早も、盛大に呪《のろ》った。

「あの馬鹿」

毒づきながら、早足で三階へ向かう。いくら懲りない馬鹿でも、よもや邸外へは出ていまい。いずれにせよ、行き先は主人に告げていると踏んだ。

　案の定、ギメルは彼の所在を知っていた。

「千早なら、周と一緒に庭の温室へ行ったよ」

「…ったく」

「迎えがてら、私たちも合流しようか」

　ノート型通信端末を閉じたギメルを伴い、私室を出て玄関に赴く。

　邸《やしき》の敷地内は大抵、監視カメラが設置されているも、温室のみ例外だ。そこがお気に入りの場所の周が、カメラがあると気が休まらないせいらしい。

　要するに、足を運んでみなければ、中の様子は不明なのだ。

　単独行動ではないのが、せめてもの救いだ。だが、疲れていそうなセルリアを考慮して、千早が起こさなかったと聞いて顔を顰《しか》める。

「余計な世話だ。そもそも、あいつの選択はろくなものじゃない」

「たしかに、そろそろ窮屈になってきたとも言ってたな」

「大方、そっちが本音だろ」

「まあ、きみを気遣っているのも本当だと思うが」

「どうだか……っ⁉」

玄関のドアを開けた途端、セルリアの表情が険しくなった。

突如、言葉を途切れさせた自分に、ギメルが眉をひそめる。

「セルリア？」

「ラスターのにおいがする」

「…ひょっとして、周と千早のもとに？」

「！」

嗅《か》ぎ取った同族のにおいに急《せ》かされて、温室へ急行する。

侵入者の情報がもたらされないのは、ある意味、自然だ。自分たちは夜目が利くため、監視カメラの死角を選んで歩くことも造作ない。邸のゲート横に設置された警備室にいる警備員さえ黙らせれば、容易に忍び込める。

実際、微かに血の香りが夜風に混じって漂っていた。警備員か、千早と周どちらかのものではと、焦慮に駆られる。

広大な庭の分、全力で走っても目的地まで二、三分はかかるので、もどかしかった。

セルリアに遅れず、ギメルもついてくる。その彼から、真剣な声音で訊かれた。

「彼に勝てるかい？」

「…………」

　率直すぎる問いを、セルリアも真摯《しんし》に受け止めた。自分と千早はさておき、ギメルと周にとっては死活問題だ。

　セルリアが敵わぬ相手なら、自身で活路を開くしかないと考えておかしくない。

　緊急事態にもかかわらず護衛を呼ばずにいるのは、セルリアに対する配慮だろう。その心遣いに応《こた》えるべく、力強く返す。

「負けるつもりはない」

「わかった。…ただ、もしもセルリアが斃《たお》れた場合、それが暫定的にせよ、私たちは無防備になってしまう。そのときは、きみの仲間には悪いが、遠慮なく急所を撃ち抜かせてもらうよ」

「銃なんか、撃てるのか？」

「射程圏内で、標的を外した経験は一度もないな」

「……へえ」

　飄々《ひょうひょう》と答えられた内容に、セルリアは内心で唸《うな》った。

　千早に劣らず、読めない男だと再認識しつつ、『好きにしろ』と呟く。すでに、温室は目前に迫っていた。

ラスターのにおいが、いちだんと濃く漂ってくる。間違いなく、ここにいる。

中に入るなり、千早とギメルと周以外、人間の気配がないことを確認したセルリアが、俄《にわか》に豹へと変じた。両眼を瞠るギメルをよそに、胴震いして衣服を振り払い、奥へ猛然と疾走する。

ほどなく、セルリアの視界に三人が入った。

長髪眼鏡の男と、今まさに手をかけられそうになっていたふたりの間へ、間一髪で割り込んだ。

ラスターが飛びのき、千早と周がギメルと共に離れた場所に退く。

眼前の同族を牽制《けんせい》しながら、彼らが安全圏へ移るのを待った。

セルリアが人型のラスターとまみえるのは、初になる。しばし睨み合った末、眼鏡を外し、ゆるく束ねていた髪をほどいて、彼も黒い豹の姿になった。

変身後も、金の眼に浮かぶ色は、相変わらず激しい憎しみだ。

セルリアとて、千早どころか周まで傷つけようとされて、怒り心頭だった。

千早は二回、ギメルは一回、周も今回狙ったことを挙げて詰《なじ》る。

「俺に恨みがあるなら、俺に直接しかけてくればいいだろう！」

「そんなの無意味だ。復讐だと言ったのを、忘れたのか」

母国語でなく話すセルリアへ、彼も同じ言語で応じた。たぶん、この場にいる全員を皆殺しにする心づもりだから、聞かれても無害と判断したのだ。しかも、ほかの襲撃はともかく、レールの一件は無関係と主張された。

訝る傍ら、三人に手出しはさせまいとの決意も新たに言い返す。

「そもそも、そこが理解不能だ」

「まあ、人間なんぞと親しむ〈色なし〉の感覚はわからないが、大切な者を喪《うしな》う苦しみを味わわせるには、ちょうどいい道具だったようだな」

「……なんだって？」

嘲笑《ちょうしょう》は腹立たしかったが、その内容にセルリアは両眼を瞬《しばた》かせた。

まるで、ラスターの恩人たるレンを、セルリアが殺《あや》めた。ゆえに、報復しているのだとでもいうように受け取れたためだ。

いったい、なにを根拠にと疑念を抱く。勘違いも甚だしく、直ちに憤然と反論する。

「レンの生前に会いにこなかったのは、あんた自身の問題だろ」

「行くつもりでいたさ。いい加減、おまえも独立したと思ったからな」

「だったら」

「ちょうど、四年前だ」

「……っ」

レンが死んだ年を口にされ、返事に詰まった。そのセルリアをきつい眼差しで睨《ね》めつけ、彼が苦々しく語る。

本当は、もう少し早く訪ねたかった。しかし、前の職場で、プラントハンターとして三年間AFRICAに派遣されていた頃だった。

ようやく仕事を終えて欧州に戻り、故郷へ帰った。早速レンに会いにいく矢先、彼の訃報に接して愕然《がくぜん》となったとか。なにより、死後二か月ほどが経っていて、数日前に偶然、セルリアに会った仲間がレンについて訊ねて、逝去が判明した次第だ。

要は、それまで同族の誰も、レンが死んだことを知らなかった。つまり、セルリアが作為的に隠していたのだ。

本来なら一族で葬礼し、見送るのが慣例である。ところが、セルリアは勝手にひとりで密葬をすませたと聞き、ラスターは怒りに震えたという。

「そのときのおれの気持ちが、おまえにわかるか？　おれにとって、レンがどれだけ特別な存在だったか」

「……俺は、レンの遺志に従ったまでだ」

「仮にそうでも、親しかった者にくらい知らせるのは、最低限の礼儀じゃないのか」

「だから、あんたを捜……」

「この期に及んで、どんな言い訳も無用だ！」

セルリアの言葉を、彼が厳しく遮った。にべもない態度に嘆息したが、なおも恨み言はつづく。

「世話になったレンの最期を看取れなかったのも、葬儀に参列できなかった事実も覆らない。まして、墓の場所さえ、おまえが誰へも教えずにいて墓参りも叶《かな》わない現実を前に、今さら申し開きされてなんになる」

「それは…」

「たとえどんなに望もうと、レンに触れることはおろか、声すら聞けない。あの日、仲違《なかたが》いして、できた溝を埋められないまま、おれは和解もできずに、もう二度と彼と会えないんだ！」

「違う。レンは…っ」

「おれからレンを永久に奪ったおまえを、絶対に許さない」

「ラスター、俺の話を聞け」

「黙れ!!」

一方的に捲《まく》し立てるラスターを宥めるも、取りつく島もなかった。

ここぞとばかり、積年の恨みをぶちまけられる。

「おまえなんか、生まれてこなければよかったんだ。そうしたら、レンは死後の名誉は守られた」

「……っ」

峻厳《しゅんげん》すぎる糾弾に、ラスターの目的がやっと呑み込めた。

セルリアの存在自体を全否定されるのは、慣れている。幼少時代を含め現在も、幾度となく言われてきたせいだ。

そうはいっても、最後の言い分はかなりこたえた。

一族内で疫病神と呼ばれるセルリアを育てたレンに、眉をひそめる同族は多い。ただでさえ、変人で名を馳《は》せていた分、さらに白い眼で見られていた。ゆえに、死亡がわかったときも、悪く言う仲間が少なくなかった。それが、ラスターには我慢ならないに違いない。

もちろん、セルリアとて同様だ。自分を養育したばかりにと、申し訳なく思った。とはいえ、セルリアが自己否定に走るたび、窘《たしな》めたレンだ。

外野なんか、気にしなくていい。言わせたいやつには、言わせておけばいい。

己の死後についても、レンはきっとそう笑い飛ばすと考え、自分のやり方を貫いた。ただし、レンを侮る連中に墓参の権利は与えたくない一心で、口を噤《つぐ》んできた。

無論、ラスターにだけは、遺言も併せて知らせるつもりだった。そのために彼を捜していた。

ラスターにも、レンとの大切な思い出がたくさんあるのだ。なにしろ、セルリアの信条とは別次元で、レンの独身主義をも倣う慕いぶりときている。

もし、逆の立場なら、セルリアも彼と似たような思考に至る。

大事な人の死に目にも立ち会えず、以後の理不尽な仕打ちを受けたら、相手を八つ裂きにしたところで足りない。自らと同じ目に遭わせるだけでなく、もっと苦しめる。

仕方なかったとはいえ、その点は反省してもいい。

ラスターが千早とギメルと周を襲った理由は、そこに集約されるのだろう。

最初に顔を合わせた折、セルリアに憎悪をぶつけるしかなかった彼の心情が、今は少しわかる。

同族の中で、レンの死を本当に悼んでいるのは、セルリアとラスターのみだ。その点においては、確実に思惑は一致する。

とにかく、遺言を伝えなくてはと、セルリアが切り出す。

「俺を恨もうが憎もうが、かまわない。あんたの自由だ。だが、俺は、レンからあんたに伝言を頼まれてる。それを言う使命は、果たさせてくれ」

「……レンが、おれに…？」

「ああ」

全身で威嚇《いかく》状態だったラスターが、訝りながらも耳を傾ける姿勢を見せた。

心底、意外そうな様相に、かえって驚く。袂《たもと》を分かった自身を、レンは許さなかったとでもいった風情だ。

存外、思い込みが激しいタイプかと推測しつつ、まずは前置きする。

「ちなみに、レンは死ぬまでずっと、あんたのことを気にかけてた」

「…嘘《うそ》だ」

「レンの名に誓って、俺は真実しか口にしない」

「………」

毅然《きぜん》と返したセルリアに、彼が黙り込んだ。視線で先を促されて記憶を辿《たど》り、一言一句違わぬよう正確に思い出して告げる。

「『ラスを引き取って、一緒に暮らした八年間は楽しい日々だった。独り立ち後も、おまえはちょくちょく顔を見せにきてくれたしな。うれしかった。立派になってくれて、あの世にいるおまえの両親にも顔が立つ。ちょっと前の喧嘩《けんか》だって、おれは全然怒ってないぞ。

おれを慮っての忠告だって、わかってる』」

いったん息を継いだセルリアを、ラスターが食い入るように眺めていた。その双眼が、憎悪以外の情で若干、初めて揺らぎを見せた。

片や、いまだ猜疑心《さいぎ》も窺《うかが》える彼へ、残りを伝える。

「『けどな、ラス。セルリアは、色以外はほかの仲間となんら変わらない。まあ、素直なおまえと違って、ちょっと、いや。かなり偏屈な性格になったくらいだな。おれが送ってた育児日記に書いてたとおりだ。おまえも会ってみればわかると思って、帰ってくるのを待ってたんだが、そろそろおれの寿命が尽きそうだ。だから、セルリアに伝言を頼んでおく』」

「………」

「『ラス。おれはおまえを弟みたいじゃなく、実の弟と考えて常に接してた。おまえは、おれの大切な家族だ。永遠に愛してる。これからは、もうひとりの家族のセルリアと仲良く、元気でな。』…以上だ」

「……レン」

絞り出すような呻《うめ》き声で、ラスターがレンの名前を呟いた。セルリアも、レンから家族の愛情を示す言葉を遺されている。

ラスターの行き来が途絶えていた間も、レンはセルリアに関する手記をまめに送っていたらしい。当然、ラスターからの返信はなかった。迷惑を省みず、一方的に彼の通信端末へ送信しつづけたと聞いている。

心なしか、ラスターの顔色がさきほどよりも蒼白《そうはく》に映った。

温室の照明の加減かと思い直し、セルリアはなおもつけ加える。

レンの危篤や死、死後の諸々《もろもろ》をラスターに直接、本当は伝えたかった。あずかっている遺産も渡したかった。

しかし、氏名と髪と眼の色を除く個体情報がセルリアにはない。その上、同族に訊いても詳細なデータを教えてもらえず、万策尽きた。それでも、自分なりに手を尽くして捜したが、見つけられずに時間が流れて今日に至ると言い募る。

「せめて、レンがあんたの職業や住処《すみか》を知ってたら、早くに捜し当てられた」

「…プラントハンターだと、何回か言ったはずだ」

「あんたが会いにくること以外、興味がなかったんだろ。あんたの話題が出るたび、俺も訊いたが、毎回曖昧《あいまい》な答えだった」

「……レンらしいな」

苦笑めいた声音を、ラスターが漏らす。すべては、両者の感情の行き違いが要因と、わかったとみえる。

セルリアの言い分を、少しは信じる気になってくれたようだ。あとは、レンの埋葬場所を教えれば、事態は収束に向かう。そう思い、歩み寄る直前、ラスターが威圧感もあらわに牙《きば》を剝《む》いた。

慌てて足を止めて争う必要はないと説くも、予期せぬ答えがくる。

「勘違いするな。〈色なし〉」

「ラスター?」

「おれの名も、気安く呼ぶな。だいたい、レンとおまえの問題は別だ」

「……っ」

頑《かたく》なな態度を崩さぬ彼に、セルリアが奥歯を嚙みしめる。

レンの遺言を聞いたからといって、態度が軟化すると期待はしていなかった。だが、やはりかという虚無感は覚える。

レンの希望を叶えられぬことも、無念だった。

しょせん、レン以外の同族とは相容《あいい》れないと、セルリアは再認識した。

誤解が解け、和睦《わぼく》へ進むとの予想が外れて、千早は溜《た》め息をついた。

今回の件に至った経緯や、各々の事情も知れた。

たしかに、ラスターの気持ちは理解できる。恩人の死に水を取れず、葬式へも出られなかったのは気の毒だ。けれど、己に可能な範囲の手段を講じたセルリアを責めるのも、酷な話だろう。

どちらも悪くないのに、なぜと気を揉《も》んだ。そこへ、ラスターが言い重ねる。

「おまえのせいで、レンは仲間内で死に恥を晒《さら》した」

この罪がある限り、セルリアに対してのわだかまりは生涯、残る。従って、レンの汚名返上のためにも、セルリアを抹殺するという。

元々、生まれた直後に不要と断じられた存在だ。それを今、実行に移すまでとの過激な発言に、セルリアが低く唸った。

彼が受けつづけてきた無体な扱いは、聞いていた以上と眉をひそめる。

物心ついた頃から、こんな環境だったのならば、酷すぎる。

千早はいわば、自らの意思で他人と距離を取ってきた。親しい者に置いて逝《ゆ》かれるのが、つらいという己の都合でだ。

たぶん、本気になって真摯に求めたなら、わかってくれる人を捜せた。事実、膨大な月日はかかったが、ギメルや周のような善良な人々とも巡り会えた。なにより、背景を知らせなかったら、同族には受け入れられる。

しかし、セルリアは違う。本来、理解し合えるはずの同族にさえ、拒絶されるのだ。かといって、他種族である人間は糧でしかない。

わかり合える仲間がいるのに、わかり合えないほうが数段、虚《むな》しい。

いったい、どれだけの絶望感を抱えてセルリアが今日《こんにち》に至るか、想像を絶する。唯一の味方で、心の支えだったレンを喪った彼の心情もだ。

頼れる者も、精神的な縁《よすが》もない心細さは、如何《いか》ばかりだったろう。

それでも、前を見据えて凜《りん》と生きる姿勢は孤高だ。

排他的で悲壮感も漂う一方、セルリアのもうひとつの姿のように、誇り高く美しい。どんなに貶《おとし》められても、決して屈さぬ強《したた》かさを兼ね備えている。

おそらく、彼に愛情を注いだレンが、そうした部分を持っていたに違いない。

一族中の反対を押しきり、小さな命を守り抜いて育て上げた人だ。会ってみたかったと心から思った。

図らずも知ったセルリアの過《こ》し方に、千早は胸を痛める。

千年以上を生きてきた自分の孤独をも、ある意味、凌駕《りょうが》する厳酷さだ。

いたわしさに言葉を失っていると、不意に小声が届いた。

「なんで、今なのかな…」

「周？」

「周くん⁉」

ギメルと共に、千早が周を見つめた。自分たちの視線を気に留めず、彼がなおも小首をかしげる。

「そんなに恨んでるなら、すぐに復讐すればよかったのに」

「！」

言われてみればと、千早とギメルがハッとなる。

レンが亡くなって、すでに四年が経っているのだ。この間にセルリアを捜し出し、もっと早くに報復できたはずである。

ラスターは、セルリアのにおいを知っていた。顔立ちはともかく、銀髪銀眼という特徴的な容姿も既知だ。仲間からの情報とて、入手しやすかっただろう。高額報酬の職業柄、資金にも困らなかったと察せられる。

ここまでの憎悪であれば、仕事は一時辞めてでも復讐鬼と化しておかしくない。

周の疑問は、至極、尤《もっと》もだった。

「ほんとだ。妙にブランクが空いてるね」

「若干、不自然ではあるな。だが、単に計画と準備期間に充てていたんじゃないか？」

「それも考えられるね」

「だろう？」

執念深そうなラスターに、千早がうなずく。そこへ、周がセルリアとラスターを視ながら、また呟いた。

「…あの人、なんか、黒い影みたいなのがついてる」

「影って、照明の角度でできるやつじゃないよね」

「うん」

「どういうことかな？」

「よくない感じのものとしか…」

「まさか、幽霊系!?」

「そういうのとは、違うと思う」

「そっか」

「……たぶん」

いつにもまして、周がひどく自信なさげに言った。双方の強い感情が入り乱れていて、視えづらいという。

周にも不詳な事柄は、千早にわかるわけもない。

最大限よく解釈すれば、ラスターに実は罪悪感がある説か。

レンが遺した言を聞いたとき、一瞬迷った様子は窺えた。

たとえば、一族の厄災という従来の見方と、レンの遺言の狭間《はざま》で、セルリアとどう向き合えばいいか戸惑《とまど》っているとの見解だ。とはいえ、レンの遺志を継げば、ラスターも仲間から爪弾《つまはじ》きにされる。

仮に、そちらを選んだ場合、相当な覚悟と精神力が必要だ。

長年、憂き目に遭ってきたセルリアとは、立場が異なる。いくら恩人の最期の願いでも、踏み出す勇気はなかなか持てまい。

しかも、ラスターはセルリアを疎んじている。

レンが健在なら別にせよ、現状でセルリア側につくリスクは冒さないと思えた。彼らは究極のマイノリティな分、同族間の結束力が強いだろう。

多少なりともレンの影響を受けたラスターですら、こうなのだ。ほかの吸血人豹一族は到底、当てにできない。

当然ながら、セルリアも交渉決裂と受け取ったようだ。

アイスグレーの双眸でラスターを睥睨《へいげい》し、冷然と返す。

「レン本人ならまだしも、あんたに咎《とが》められる謂《いわ》れはない」

「おれが、レンのかわりに言ってるんだ」

「あいにく、レンはあんたほど器が小さくなかったんでな。そんなことは絶対に言わないと断言できる」

「…おれを愚弄《ぐろう》した償いは、あそこにいる人間もろとも、命で贖《あがな》ってもらおうか」

「あいつらは関係ない」

「我らの正体を知っておいてか？」

「………」

一族の正論を持ち出されて、セルリアが沈黙した。

だいたい、人間を庇う時点でおかしい。金眼を光らせて言い連ねたラスターにそう指摘を受け、彼が反駁《はんばく》する。

「この三人は、大丈夫だ」

ふと口をついて出た台詞は、無意識だったのだろうか。

セルリアが、自分で自分に驚いたふうな顔つきになった。自らが人間の肩を持つなんてと言いたげに、白い豹が鼻先へ皺《しわ》を寄せる。

換言すれば、千早たちを信頼していると宣言されたも同然だ。

状況も忘れて感慨に耽りかけた瞬間、ラスターがセルリアを嘲笑《あざわら》った。

「さすがは、〈色なし〉だ。一族の掟に、愚かにも背く気か？」

「…反骨精神は養い親譲りでな」

「レンを愚弄するな」

「掟を破った事実は、一緒だろ。あと、俺はこいつらが秘密を守ることを経験上、知ってるだけだ」

「人間など、信じるに値しない」

「例外は、何事にだってある」

「自分自身の存在になぞらえて、そう言いたいのか？」

「勝手に決めつけるな」

「無駄だな。我らは同族同士で争わないが、人間は違う。親しい者相手ですら殺し合う、おぞましくも愚劣な種族だ。それを証拠に、刺客としておれを送り出す有様だ。いつか、必ず裏切る」

「刺客!?」

胡乱《うろん》げな目つきのセルリアに、ラスターが千早らのいる方向を一瞥《いちべつ》した。そして、口元を歪める。

「白香周なる男を殺せと、マリー・如月・シャルドンという人間の女におれは指示された。このふたりは、無関係ではないだろう?」

「……」

やはりかと納得しつつ、千早は嘆息を堪えた。

唐突な暴露に、当の周は大きく息を呑む。ギメルが宥めるように、彼を胸元深く抱き込んだ。その光景を見遣っていると、千早が当初感じた疑問を、セルリアがラスターへぶつける。

「なんで、そんな命令をあんたが聞く必要がある?」

「それこそ、人間の狡猾《こうかつ》さの証《あかし》だ」

「?」

ラスターによれば、『CTC』と契約を交わす日、運悪く空腹で体調が悪くなった。どうにか耐えようとするも、渇きがひどい。我慢も限界だった。そこで、やむにやまれず、一度だけマリーを餌にしたらしい。

無論、彼女のオフィスにある監視カメラの死角で、吸血に及んだ。如才なく、記憶も弄《いじ》っていた。

ところが、当時マリーが首から提げていたロケットに、カメラが仕込まれていた。これを久々にチェックし、驚いて疑念を持った彼女に呼び出されて追及を受けたとか。

幸い、吸血シーンは映っていなかった。だが、ラスターがマリーを抱擁する場面が映っていた。よって、このことを自分が覚えていないのは、なんらかの催眠効果を用いられて、淫《みだ》らな行為に及ばれたのではと勘違いされたのだ。

一応、弁解したものの、映像があったために説得力に欠けた。これが、彼女がギメルから手酷《てひど》く遠ざけられた翌日だった。

周に恨みを覚えていたマリーは、自棄《やけ》になってラスターに周殺しを頼んだ。

成功と引き換えに、ラスターの無実を認める。証拠映像も、ロケットごとコピーを渡すと取引を持ちかけてきたそうだ。

ラスターとて、マリーの始末を考えなかったわけではない。けれど、彼女は抜かりなかった。そのあと、人と会う約束をしていた上、ラスターと面会中なことを、秘書へ事前に告げていた。

自分になにかすれば、すぐに露見すると言われ、手出しをあきらめたという。

「おまえの連れだ。どうせ、殺すリストに入ってた」

「あんたの失態だろう。責任転嫁は迷惑だ」

「言われなくても、ロケットを取り返し次第、あの女も片づける」

「女はともかく、こいつらは殺させない」

「レンも不憫《ふびん》だな。養い子が人間の側につく体たらくとは」

「なんとでも、ほざけ」

向かい合う白と黒の豹が、今度こそ完全に戦闘態勢に入った。

片方は、一族の掟は遵守すべきとのポリシーで生きるラスターである。

同族間では争わぬと言いながら、セルリアを傷つける気でいる。徹頭徹尾、仲間とは看《み》做《な》さないことの表れだ。

一方、セルリアは他の人間はどうでもいいが、千早とギメルと周だけは例外的に守りたいと思ってくれている。ゆえに、ラスターを阻む意欲は満々だ。

互いに、決して譲れぬ状況といえた。

「先におまえを殺したほうが、あとも楽か」

「できるものならな」

「口の減らないやつだ」

「あいにく、有言実行なだけだ」

周の疑点が気にかかるも、彼らの戦いは避けられそうにない。緊迫感が最高潮に達した直後、まずセルリアがしかけた。

ひと飛びでラスターに迫り、前脚の一撃を見舞う。その抜群の破壊力は、千早も前回で承知だった。人間だと、ひとたまりもない。現実的に、それで大の男ふたりを即死させた威力である。

しかし、ぎりぎりで攻撃は躱《かわ》された。逆に、左耳から目元付近にかけてを鋭い爪《つめ》で引っ掻《か》かれる。

「セルリア！」

みるみる血が溢《あふ》れ出し、千早がセルリアの名を叫んだ。

眼を損傷していないかと憂慮したが、耳の下側近辺で不幸中の幸いだ。

頭部ゆえに、少しの傷でも出血しやすいだけと己に言い聞かせる。おまけに、毛色が白のため、鮮血が際立つのだ。

「気が散る。黙ってろ」

「…ごめん」

すぐさま、こちらへ目もくれぬまま叱責《しっせき》された。その隙をつき、ラスターが再度、顔面を狙って攻勢をかける。

さすがに、セルリアもこれは無難に避けた。

態勢を立て直すつもりなのか、離れた位置へジャンプして退く。すかさず、ラスターがセルリアを追った。

彼らの足場は、苗木が植わったプランターが置かれた棚だ。雛壇《ひなだん》状になっていて、最上段は成人の背丈は優にある。樹上に難なく登る豹にとっては、この程度の高さは苦にもならないようだ。

全長二メートルほどの体軀で薙《な》ぎ倒されたそれらが、次々と地面に落ちた。けれど、今は稀少な植物を気にかける余裕はない。

即座に追いついたラスターが、セルリアに飛びかかった。背後を取られまいと応戦したセルリアと、全身を使って組み合う。

交互に上下を入れ替わりながら、二頭が縺《もつ》れるように転げ回った。己が上になって相手を押さえつけるべく図るも、うまくいかない。

左右の前脚と後ろ足を、両方共が絡めているせいもあるだろう。ならばというふうに、転がりつつ、ほぼ同時に戦法が切り替わった。

鉤《かぎ》状の鋭い爪で互いの皮膚を引き裂き、食い込ませる。それを至る箇所へ繰り返すうち、両者が通った地面へ血痕《けっこん》が残されていった。さらに、牙も武器になる。

前脚のつけ根や顔、首の下から胸付近に双方が嚙みついていた。

喉元《のどもと》や腹部などの弱点は、堅固に庇う。その傍ら、どちらも唸り声をあげて一歩も引かない。

やがて、大きな木の根元に行き着いた。ぶつかる寸前、ようやく二者が離れる。

息をつく暇もなく、セルリアがラスターの懐へ飛び込んだ。そして、右側の頸椎に牙を立てる。

痛みでか短く吼《ほ》えたラスターも、直ちに反撃に出た。

渾身《こんしん》の力を込めた前脚の一振りのみで、セルリアを振り払ったのだ。打撃は、セルリアの脇あたりを見事に捉《とら》えた。

かなりのパワーだったらしく、白豹が弾き飛ばされる。勢いで近くにあった木の幹に、背中から激突した。

「！」

千早をはじめ、ギメルと周も、どうにか声を抑えた。

三人の視線の先で、セルリアが低く呻く。咳《せ》き込みながらもかぶりを軽く振って、のそりと起き上がった。

打擲《ちょうちゃく》された箇所の爪痕《つめあと》に、早くも血が滲《にじ》んでいる。それすら気にする素振りもなく、間を置かずに黒豹へと向かって敢然と挑みかかっていった。

　受けて立つラスターとの激闘が、また始まる。

　毛色が黒いせいでわかりづらいが、おそらく、彼も血にまみれているはずだ。セルリアは言わずもがなである。まさしく、傷だらけだ。

　大型の猛獣同士の死力を尽くした血戦に、千早は固唾《かたず》を呑む。

　豹型のセルリア自体、初めて目の当たりにするギメルと周は、千早以上に迫力に圧倒されていた。まさに、手に汗握る鬩《せめ》ぎ合いだった。

　互いの力が拮抗《きっこう》していて、どちらが優勢なのか見当すらつかない。

　ただ、千早が知る限り、セルリアは今までになく苦戦を強いられていた。人間相手に豹の姿で戦うのなら、こんなことにはなるまい。

　三宅らのときのように、おそらく瞬殺だ。それが、同族となると、実力が伯仲する分、そうもいかないらしかった。

　下手をすれば、まだ年若いセルリアが経験不足で不利だ。加えて、ラスターには復讐という強い思念がある。

　不死だとわかっていても、油断はできない。セルリアが蘇生するまでの間に、ギメルと周を殺められる危険性が高いからだ。

だからこそ、セルリアとて、全力で戦っているのだろう。

周を片腕に抱いたまま、ギメルが銃の安全装置に手をかけた。彼も、千早と同じ懸念を抱いたとみえる。

再び、セルリアとラスターが正面からぶつかり合った。

爪と牙を駆使した攻戦に、どちらのものか、わからぬ血しぶきが飛ぶ。

一瞬たりとも気が抜けぬ死闘が繰り広げられる中、突如、ラスターの動きがもたついた。

それまでの俊敏さが嘘のように足が止まる。

千早でさえ、『あれ？』と気がついたほどだ。セルリアがそれを見逃すはずがない。

千載一遇のチャンスとばかり、ラスターの喉笛に食らいついた。

「……っ」

よろめいたラスターが懸命に振り払おうとするも、セルリアは食い下がる。

暴れる黒豹を爪でがっちり押さえ、力で捻《ね》じ伏せてホールドした。たぶん、頸椎を砕く勢いの顎《あご》力だ。

動脈の破裂も免れず、セルリアの口元が夥《おびただ》しい血で染まっていく。

「く……」

ついに力尽きたのか、ラスターが地面へ横倒しになった。

しばしののち、白豹がなぜか攻撃をやめて身を離す。三宅のときと違い、とどめを刺そうとしない。

たしかに、致命傷は与えていた。以前は一撃必殺だったのにと訝る千早をよそに、虫の息のラスターを眺めている。

脇に立って肩を上下させるセルリアへ、ラスターが荒い呼吸で促す。

「さっさと……息の根を、止めたら…どうだ」

「……これ以上、レンに顔向けできないことは、したくない」

「は。…今頃……なにを、馬鹿な…」

セルリアの言葉を聞いて、千早は胸を突かれた。

戦闘中も、葛藤《かっとう》していたのかもしれない。彼にとってはともかく、ラスターは己の唯一の家族だったレンが、実の弟と思っていた存在だ。

ラスター云々《うんぬん》ではない。レンの大切な者を結果的に己が手にかけてしまった事実を、セルリアは悔いているのだ。

他方、彼の眼差しが、ラスターには憐憫《れんびん》に映ったらしい。

弱々しくも、どこか突き放すような口調で言った。

「〈色なし〉のおまえに、同情されたくなんか、ない。…おれは、どうせ……もうじき死ぬ病に、侵されてた」

「!?」

「その時期が……少し、早まっただけ…だ」

ラスターの予期せぬ告白に、千早がハッとなる。ヴィンカ邸のパーティ会場で、彼が急に貧血めいた症状を起こしたのを思い出したせいだ。

あのときのような状態に陥ったため、動作が突然、鈍ったのか。

密《ひそ》かに不審がっていると、セルリアが苦い語調で訊く。

「…まさか、スキーヌ病か？」

「ああ」

以前、それは吸血人豹一族だけが罹《かか》る病気だと、セルリアに聞いた。

原因は不明ながら、血球に異常を来し、血液が生成されにくくなる。《食事》をしても、徐々に渇きを癒《いや》せなくなっていき、やがては飢餓状態になって死ぬ不治の病だとか。

ラスターは一族の医師から、一年前にそう診断されたという。

レンの件で、セルリアとはいつか話をつけるつもりでいた。だが、まだ怒りと嫌悪が先に立ち、顔を見たくなかった。

しかし、余命を知って事情が変わった。

時期が今になった理由もわかった。黒い影は、ラスターの病と、将来の死を暗示していたのだ。

周が、ラスターの話にうなずいて呟いた。彼の疑問は、ふたつとも解けた形だ。復讐の

「……だから、だったんだ」

余命宣告を受けたラスターは、残りの生をセルリアへの報復に使うと決めた。

仕事も、今回を最後に辞め、セルリアを捜す旅に出る予定だった。その矢先、マリーを

介して労せず、標的を見つけた。

ならばと、彼女を利用し、セルリアの情報を得るため、辞職は先延ばしにした。

そうして現状に至ると話し、大きく息をつく。直後、気道に詰まりかけたのか、少し血

を吐いた。次いで、かすれぎみの聞き取りにくい声で言う。

「おまえを、道連れにできれば……レンも…よろこんでくれた、ろうに」

「……………」

身勝手な論法にせよ、ラスターの声音からは不思議と刺々《とげとげ》しさが消えていた。

セルリアを見る眼も、先とは微妙に異なっている。つづけられた台詞で、それは裏づけ

られた。

「……おまえ、も……もう、苦悩せずに……すん、だ…のに」

「⁉」

「残念、だ……」

「ラスター！」

「……」

　セルリアの呼びかけも届かず、ラスターは事切れた。

　黒豹の亡骸《なきがら》を前に呆然《ぼうぜん》とするセルリアに、千早はかける言葉がなかった。ギメルと周も、同様である。

　よもやの幕引きに、衝撃を受けたためだ。彼の死に際の発言には、もはや恨みも憎しみもなかった。

　むしろ、正反対の意味が込められていたと判明し、愕然となる。

　ラスターの原動力は、確実にレンだった。セルリアの出自を厭《いと》い、レンの死にまつわる件で、セルリアへ怨望《えんぼう》を抱いたのも真実だろう。一方で、レンから送られつづけた育児日記のすべてに、まじめな彼は目を通していたのかもしれない。

　そこで、セルリアの苦境を知り、思うところがあったのではあるまいか。まして、敬愛するレンが育てた子供を、ラスターは心底嫌うことができなかった。

　ゆえに、彼なりの方法でセルリアに救いの手を伸べようとした。

手段は独善的で乱暴にしろ、セルリアを案じていたのは間違いない。ただ、情の示し方がひどく不器用なだけだったとの推測が成り立つ。

もし、別の手順で彼らが会ったなら、違う結果になったはずだ。

せつなくも、やるせない結末に、千早は胸が詰まった。

すぐさま、セルリアへ駆け寄りたい気持ちを、ぐっと堪える。どんなに言葉を尽くそうと、下手な慰めは今は逆効果だからだ。とはいえ、この期に及んでも、なにもできない己が歯痒《はがゆ》い。

純白の被毛を、己とラスターの血で染めた満身創痍《まんしんそうい》の白豹は、長い間、身じろぎもせず、その場を動かずにいた。


一行がNIPPONに帰国して、一週間が経った。TOKYOは晩秋を通り越した初冬の気候で、けっこう寒い。L.A.の温暖さが恋しかった。

今日は、千早のみが『ルース』のオフィスに呼び出されている。

ギメルが個人的に、千早へ仕事の依頼をしたいという。従って、今回は護衛はなしだ。

初のことで、いささか驚いた。早速、向かい側のソファに座るギメルへ詳細を訊ねる間際、隣に寄り添う周が控えめに言う。

「セルリアは、どう？」

なるほどと、得心がいった。通信画面越しですむ話を、わざわざオフィスへ来いと指示してきたのは、セルリアの様子を訊きたかったからのようだ。マンション内では、彼に聞かれる恐れがある。

本当に善意の塊のふたりに、自然と笑みがこぼれた。

「うん。いつもどおりに過ごしてるよ」

「セルリアらしいな」

「…きっと、つらいのに」

「まあ、究極に我慢強い子だからねえ」

千早の返答に、子供扱いは地雷だよと、ギメルが苦笑を漏らす。

あの激戦のあと、セルリアはギメルへ協力を求めた。セルリアだけが知るレンの墓の隣に、ラスターを埋葬するためだ。

その場所は、北欧に近かった。吸血人豹一族の故郷からも、街からも離れているという森の外れに、それはあった。

当初、彼はひとりで行くと言い張った。だが、重傷で身動きもままならぬ身体《からだ》での単独行動など、とんでもない。嫌がるのをなんとか説き伏せて、千早が現地までつき添っていった。

ふたつ並んだ墓標を眺めて、しばし佇《たたず》む横顔が印象的だった。

今回のラスターの死で、セルリアが同族に責められる心配はないらしい。一族の医師が、彼の病気を既知のせいだ。姿を見せなくなれば、病で逝ったと考えるだろう。仮にセルリアと接触したと知られても、厄災が降りかかったと判じる可能性が高いとか。

そう聞いて、千早は安堵と同時に、複雑な心境にもなった。

ちなみに、マリーの手元にあるラスターの映像は、ギメルがハッキングで全部、完璧《かんぺき》に消した。無論、痕跡《こんせき》を残すようなヘマは犯さずにだ。

想定外の終局を迎えたセルリアの心中は、推し量るのも憚《はばか》られた。

怪我は治ったが、心の傷はいまだ癒えていまい。彼の気持ちの整理が、一日も早くつくことを祈るばかりだ。

しんみりしかけた雰囲気を払拭《ふっしょく》すべく、千早があらためて問う。

「ところで、どんな依頼なのかな？」

「ああ。例の、特定記憶消去薬を応用したものをつくってほしくてね」

「え!?」

「私と周に関する記憶を消す薬を注文したい」

「……はあ」

「千早なら、できるんだろう。受けてくれるかい?」

「いいけど…」

たしかに可能なれど、ギメルの笑顔がなんとも怖い。

承諾しつつも、千早は内心、たぶん絶対、マリーに飲ませるんだなと確信する。どんな方法を使ってもだ。

周を殺そうとした彼女を、ギメルが許すはずはないと思っていた。だが、まさかそういう報復措置を取るのかと、あらためて彼の恐ろしさを知る。

因果応報とはいえ、マリーにすれば、最悪の制裁だ。記憶よりも命を奪われるほうが、まだましかもしれない。

今も昔も、誰かを想うがゆえに、人は愚かにも賢《さか》しくもなれる生き物だ。

マリーもラスターも、ただ、相手を慕いすぎただけともいえる。

それはさておき、今後もギメルを怒らせない方針でいこうと、千早は固く誓った。

「では、なるべく早く頼むよ。報酬は、きみの言い値でいいからね」

「身内割引にしとくよ」

「そうか」

「うん。じゃあね」

「ああ。セルリアによろしく」

「…ぼくからも」

「了解」

適度な距離感で、押しつけがましくない気遣いができるふたりだ。だから、自分も、たぶんセルリアも、彼らのそばにいて居心地が悪くない。

オフィスをあとにして、千早はマンションの自室に戻った。

リビングに入ると、思いがけずセルリアが獣の姿で寛いでいた。
L.A.のギメル邸で、傷の完治まではともかく、十日ぶりの豹型だ。千早のテンションが一気に跳ね上がる。
「セルリア、お願い。触らせて、撫でさせて、抱かせて！」

「断る。来るな」

「い・や・だ!!」

猛然とダッシュし、力いっぱい抱きついた。鬱陶《うっとう》しい、寄るな、出ていけとのクレームを即行でつけられたが、離れない。

首に両腕を回してさらにしがみつき、滑らかな毛皮に頬を埋めた。

「う～ん。この極上の肌触りが、最高に素敵なんだよね」

「離れろ。毎回、いちいち、まとわりつくな」

「ごはん同様、いい加減、あきらめてくれる？」

「この問題で、俺が折れる必要性はいっさい感じない」

「僕の唯一の楽しみなんだもん。おおめに見てほしいな」

「なんで俺が……って、撫で回すな！」

「ひさしぶりに、グルーミングさせてよ。この前は、きみが怪我した直後だったから、遠慮してちょっとしか触れなかったしね」

「あれのどこが、ちょっとだ。言葉は正しく使え」

セルリアの文句もどこ吹く風で、耳の後ろあたりをくすぐるように撫でた。ここを撫でると、彼の双眸が気持ちよさげに細められるのだ。

憮然としながらも、おとなしくなった白豹に、千早がほくそ笑む。

心地よい沈黙の中、しばらく慰撫《いぶ》をつづけたのち、思いきって言う。

「大丈夫だよ。セルリア」

「…なにがだ」

怪訝《けげん》そうなアイスグレーの双眼と、視線が合った。傷心中でも、平気なふりをするセルリアだ。しかし、さすがに毎日一緒にいれば、わかる。昨年よりもずっと脆《もろ》い気配を漂わせている彼へ、あえて避けてきた話題を振った。

「きみの想いは、ラスターさんに伝わったと、僕は信じてる」

「きれいごとはいらない」

「うん。でも、これだけは言わせて」

「無駄口もやめろ」

「あのね、生まれてきてくれて、ありがとう」

「……っ」

ラスターの放言の中で、セルリアの生命を真っ向から否定する件《くだり》に関しては、もの申したかった。

レン以外には望まれなかっただろう彼に、ぜひ言いたい。

「セルリアがいてくれたおかげで、きみに出会えて、僕は生きることに意義を見出せた。たとえ、ほかの誰が存在を認めなくとも、僕にはきみが必要だよ。輪廻《りんね》から外れた皮肉な運命だけど、きみとなら、生きていこうと思える」

「………」

「だいたいさ、きみを道連れにできるっていうのは、僕が先約でしょう？」

「…さてな」

またも、はぐらかされた千早が文句をつける前に、セルリアが鼻に皺を寄せた。

いかにも嫌そうな顔つきで、逆に悪態をつかれる。

「そもそも、おまえに憐《あわ》れまれると、無性に腹が立つ」

「いや。この場は、素直に受けとめてもらって、全然いいんだよ？」

「人間ごときの慰めを、俺がよろこぶとでも？」

「あ～、はいはい。ほんと、レンさんの言うとおり偏屈な性格だなあ」

「なんだと？」

彼の養い親による、養い子の気質分析はさすがに正確だ。

落ち込んでいることを、当人はあくまで肯定するまい。けれど、千早の言葉で、彼の張り詰めた気配が微かに和らいだのも確かだ。

その見事な捻《ひね》くれ者ぶりに笑いつつ、大きな前脚をつついて言う。

「わかった。話を変えよう。ギメルと周くんがね、よろしくって」

「ああ」

「というかさ。考えてみたら、レンさんって超絶に羨《うらや》ましいポジションだね」

「……はあ？」

「だって、生後間もない頃から、きみを育ててたんだよね。つまり、子豹を触り放題だったわけだよ！　よちよち歩きの真っ白な赤ちゃん豹なんて、悶絶《もんぜつ》死しそうに愛らしいに決まってるじゃない‼」

「変態が進化したな…」

「くう〜。当時のきみを、リアルで見たかったなあ。きっと、こう……身体のわりに太い手足が可愛《かわい》いのはもちろん、お腹もぽってりしててさ！　もう考えただけで幸せで、にやけてきちゃうよ。どうしよう⁉」

「…どうもしなくていい」

げんなりした目つきで、セルリアが髭《ひげ》を引き攣《つ》らせた。

そういう仕種《しぐさ》も、動物好きには堪《たま》らない。無意識に手を伸ばし、髭が生えた口元を撫でるついでに顔を寄せて鼻先にくちづけた。

「大丈夫。大きくなったセルリアも、充分可愛いから」

「なにしやがる！」

「あ、ごめんね。つい」

「ついですむか、馬鹿野郎‼」

顔を洗ってくると身を起こした彼を、苦笑しながらも離さない。さらに、ぎゅっと首筋へ齧《かじ》りついて抱きしめた。

「じゃあ、僕が丸洗いしようか」

「ああ？」

「豹をお風呂《ふろ》に入れるなんて、超レアな経験だしね。あ。任せて。シャンプーのあとは、ちゃんとトリートメントもするから。ドライヤーで毛も乾かすし、丁寧に全身のブラッシングもしてあげ…」

「誰が男なんぞと入るか！」

苛立《いらだ》たしげに尻尾《しっぽ》で千早を叩《たた》くセルリアを、笑って宥めた。

傷ついた心の治癒には、時間が最も有効な薬だ。千早は身をもって、それを知っている。そこに、気が置けない誰かがそばにいれば、なおいい。その範疇《はんちゅう》に自分は入ると自惚《うぬぼ》れても、彼はたぶん許してくれるはずだった。

あとがき

こんにちは。もしくは、はじめまして、牧山です。

『憂える白豹と、愛憎を秘めた男〜天国へはまだ遠い〜』をお手に取ってくださり、ありがとうございます。

そして、ラルーナ文庫の創刊おめでとうございます。

さて、本作は吸血人豹一族のセルリアと、天才薬剤調合師・千早《ちはや》の話です。『孤高の白豹と、愛執を封じた男〜天国へはまだ遠い〜』アズ文庫《ホワイト》（イースト・プレス刊）の続編となります。続編刊行へのお声を寄せてくださった皆さまに感謝申しあげます。

単独でも読んでいただけるように書いたつもりですが、前作と併せてお読みいただけると幸甚です。また、ご要望の多かった、ギメルと周の話については、別の機会に発表させていただければと思います。

ここからは、皆さまにお礼を申しあげます。

前作に引き続き、スタイリッシュなキャラクターたちを描いてくださった榊空也先生、新しい登場人物を含め、素敵なイラストの数々をありがとうございました。

担当さまをはじめ、関係者の方々にもお世話になりました。

ＨＰ管理等をしてくれている杏さんもありがとう。

最後に、この本を手にしてくださった読者の方々に最上級の感謝を捧げます。

少しでも楽しんでいただけましたら幸いです。お葉書や手紙、メールなど、いつもありがとうございます。

二〇一五年　夏

牧山とも　拝

牧山ともオフィシャルサイト　http://makitomo.com
お気軽にお立ち寄りください。

本作品は書き下ろしです。

ラルーナ文庫

この本を読んでのご意見・ご感想・ファンレターなどお待ちしております。〒110-0015 東京都台東区東上野5-13-1 株式会社シーラボ「ラルーナ文庫編集部」気付でお送りください。

憂《うれ》える白豹《しろひょう》と、愛憎《あいぞう》を秘《ひ》めた男《おこと》
～天国《てんごく》へはまだ遠《とお》い～

2015年9月7日　第1刷発行

著　　者｜牧山《まきやま》 とも

装丁・DTP｜萩原 七唱

発 行 人｜曺 仁警

発 行 所｜株式会社 シーラボ
〒110-0015　東京都台東区東上野 5-13-1
電話　03-5830-3474／FAX　03-5830-3574

発　　売｜株式会社 三交社
〒110-0016　東京都台東区台東4-20-9　大仙柴田ビル2階
電話　03-5826-4424／FAX　03-5826-4425

印刷・製本｜シナノ書籍印刷株式会社

ISBN978-4-87919-877-8